Les mystères romains

L'esclave de Jérusalem

Cet ouvrage a été réalisé par les Éditions Milan
avec la collaboration de Juliette Antoine et Claire Debout.
Création graphique : Bruno Douin
Mise en page : Petits Papiers

Titre original : *The Slave-Girl from Jerusalem*
First published in Great Britain in 2006
by Orion Children's Books
a division of the Orion Publishing group Ltd
Orion House, Upper St Martin's lane, London WC2H 9EA
Copyright © Caroline Lawrence 2006
Maps by Richard Russell Lawrence
© Orion Children's Books 2006
The right of Caroline Lawrence to be identified
as the author of this work has been asserted.

Pour l'édition française :
© 2009, Éditions Milan, pour le texte et l'illustration
300 rue Léon-Joulin, 31101 Toulouse Cedex 9, France
ISBN : 978-2-7459-3683-7

Loi 49-956 du 16 juillet 1949
sur les publications destinées à la jeunesse
www.editionsmilan.com

CAROLINE LAWRENCE

Les mystères romains

L'esclave de Jérusalem

Traduit de l'anglais par
Marie Hermet

MiLAN PoChe
HISTOIRE

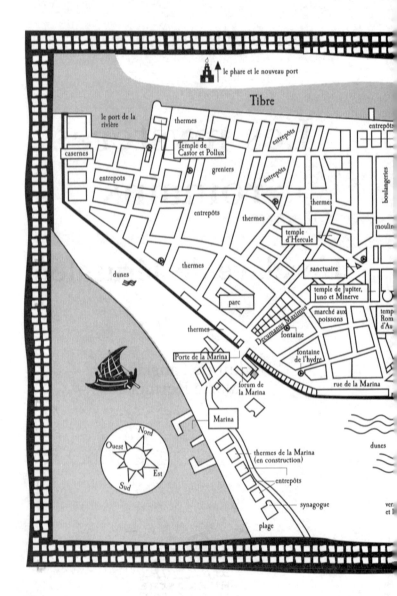

le phare et le nouveau port

Tibre

le port de la rivière

thermes

entrepôts

entrepôts

casernes

Temple de Castor et Pollux

greniers

entrepôts

entrepôts

boulangeries

entrepôts

thermes

moulin

entrepôts

thermes

temple d'Hercule

dunes

thermes

sanctuaire

temple de Jupiter, Juno et Minerve

parc

marché aux poissons

temple Rom d'Au

Decumanus Maximus

thermes

fontaine

Porte de la Marina

fontaine de l'hydre

forum de la Marina

rue de la Marina

Marina

Nord

Ouest

Est

Sud

thermes de la Marina (en construction)

dunes

entrepôts

synagogue

ver et l

plage

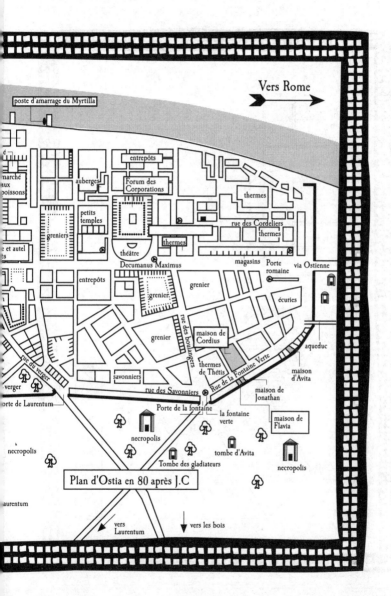

Vers Rome

poste d'amarrage du Myrtilla

entrepôts

marché
aux
poissons

auberges

Forum des
Corporations

thermes

petits
temples

rue des Cordeliers

greniers

thermes

et autel

théâtre

thermes

magasins

Porte
romaine

via Ostienne

Decumanus Maximus

entrepôts

grenier

grenier

grenier

écuries

rue des boulangers

maison de
Cordius

aqueduc

grenier

thermes
de Thétis

maison
d'Avita

rue du verger

savonniers

Rue de la Fontaine Verte

verger

rue des Savonniers

maison de
Jonathan

orte de Laurentum

Porte de la fontaine

la fontaine
verte

maison de
Flavia

necropolis

necropolis

tombe d'Avita

Tombe des gladiateurs

necropolis

Plan d'Ostia en 80 après J.C

aurentum

vers
Laurentum

vers les bois

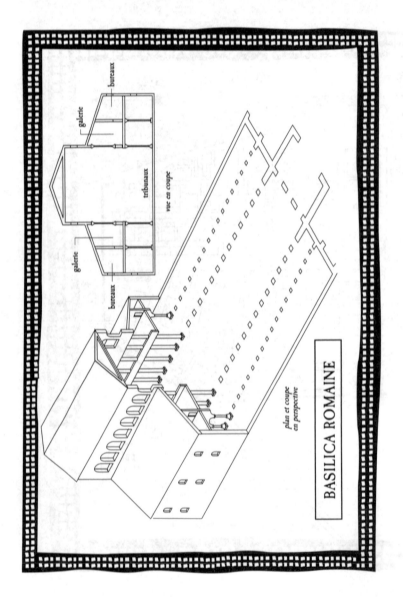

bureaux

galerie

tribunaux

galerie

bureaux

vue en coupe

plan et coupe
en perspective

BASILICA ROMAINE

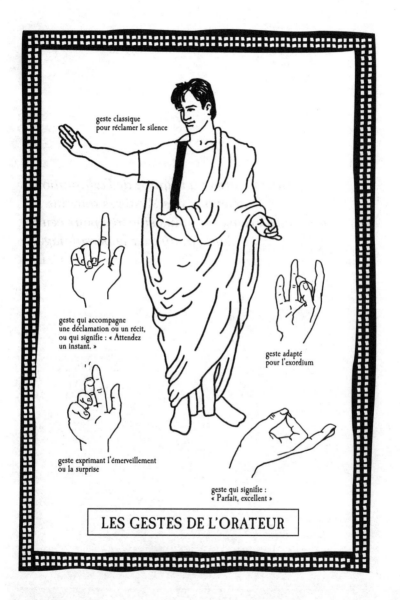

geste classique
pour réclamer le silence

geste qui accompagne
une déclamation ou un récit,
ou qui signifie : « Attendez
un instant. »

geste adapté
pour l'exordium

geste exprimant l'émerveillement
ou la surprise

geste qui signifie :
« Parfait, excellent »

LES GESTES DE L'ORATEUR

Aux acteurs et à l'équipe de l'adaptation
télévisée des Mystères romains...
avec mes excuses les plus sincères pour ceux
dont j'ai dû tuer le personnage.

C. L.

ROULEAU I

Quelqu'un allait mourir. Il en était absolument certain.

La seule question, c'était de savoir qui.

Une fois dans sa vie, déjà, Jonathan ben Mordecaï avait été tourmenté par des prémonitions. C'était l'année précédente ; il avait alors onze ans. Il séjournait avec son père et sa sœur Miriam chez des amis, près d'une montagne qu'on appelait le Vésuve. Il avait rêvé d'un désastre, et le désastre était survenu sous la forme d'une éruption.

Maintenant qu'il était de retour à Ostia[1], le port de Rome, il était hanté par un nouveau rêve. Dans celui-ci, un cortège funèbre accompagnait un mort étendu sur une bière dans les rues embrumées de la ville.

Jonathan frissonna et releva la capuche de son manteau couleur muscade. On était au premier sabbat de décembre, et il faisait froid et brumeux, comme dans son rêve. Levé depuis l'aube, il était

---

1. Situé à une trentaine de kilomètres au sud-ouest de Rome, Ostia est la ville natale de Flavia.

parti chasser hors de l'enceinte en compagnie de Tigris, son chien. Le garçon caressa le doux pelage des deux lièvres inertes qu'il avait accrochés à sa ceinture. Il avait espéré en prendre plus, mais la matinée était déjà bien avancée et il y avait peu de chances qu'il en attrape d'autres. Il siffla donc son chien avant de rebrousser chemin vers la porte de la Fontaine, en passant sous les pins parasols dégoulinants de pluie.

Tigris, qui arrivait derrière lui, le dépassa et fila à travers les hautes herbes, petite silhouette noire à la tête baissée. Soudain, il s'arrêta, renifla l'air et se tourna vers la mer. Il se mit à geindre.

– Qu'est-ce qu'il y a, mon vieux ? Tu flaires un autre lapin ?

Jonathan huma l'air à son tour. L'odeur douceâtre et bien reconnaissable de chair humaine en train de brûler lui serra le cœur.

– Un bûcher funéraire, murmura-t-il.

Il frissonna.

– On va voir de quoi il s'agit ?

Le chien et l'enfant repartirent ensemble vers la mer, en longeant un massif d'acacias alourdis par la pluie, avant de traverser la pinède. Certains arbres étaient si hauts que leur cime vert foncé se perdait dans le brouillard.

En arrivant dans les dunes voilées de brume, Jonathan aperçut les hautes flammes du bûcher et les formes sombres de quarante ou peut-être cinquante personnes, les proches du défunt. En approchant, il remarqua que la plupart étaient vêtus de noir, mais qu'une dizaine d'entre eux environ portaient le chapeau conique de couleur vive des esclaves* affranchis.

– Ce devait être quelqu'un de riche qui a libéré des esclaves dans son testament, chuchota Jonathan à Tigris.

Une femme corpulente, vêtue d'une palla[1] grise, se tenait un peu à l'écart des autres. Jonathan s'approcha.

– Qui était-ce ? lui demanda-t-il.

La femme se tourna vers lui. Elle avait un visage avenant, tanné par le soleil.

– Gaïus Artorius Dives[2]. Il était propriétaire d'un domaine près de Laurentum[3], pas loin d'ici, répondit-elle en indiquant le sud.

– Dives ? Il était riche ?

– Très.

Elle s'esclaffa.

– Et malin aussi. Il a joué un bon tour à tous ceux qui lorgnaient sa fortune !

– Ceux qui lorgnaient sa fortune ?

---

* Les mots ou groupes de mots suivis d'un astérisque sont expliqués en fin de volume.
1. Cape de femme qui pouvait également être drapée autour de la taille ou portée sur la tête.
2. Nom de famille qui signifie « riche », « opulent ».
3. Petite ville de la côte italienne, à quelques kilomètres au sud d'Ostia.

– Mais oui, les chasseurs d'héritage. Ces gens qui traînent au chevet des malades et des mourants en espérant être mentionnés dans le testament.

– Ah. Alors il n'avait ni femme ni enfants ?

– Et il n'avait pas non plus de frère, d'oncle ni de cousin, conclut la femme en riant toujours. Il a fait mariner ceux qui prétendaient à son héritage et finalement, il ne leur a rien laissé ! Enfin, si, cinq sesterces[1] à chacun.

– Cinq cents sesterces ? Ce n'est pas si mal.

– Pas cinq cents. Cinq.

Jonathan haussa les sourcils.

– Ça ressemble plus à une insulte qu'à un héritage.

– C'était bien son intention…

La femme lui fit un clin d'œil.

– Comme dit le proverbe : «Les Romains ne disent la vérité qu'une fois dans leur vie, et c'est en faisant leur testament.»

– Et vous, il vous a laissé quelque chose ?

Elle hocha gaiement la tête.

– Oui, il m'a donné la liberté et quelques centaines de sesterces. Voilà mon nouvel employeur, Lucius Nonius Celer.

---

1. Pièce de cuivre. Un sesterce équivaut à peu près à une journée de salaire.

D'un mouvement du menton, elle indiqua un jeune homme à la peau basanée qui se tenait près du bûcher.

– C'est lui que Dives a choisi comme héritier. Il lui a tout laissé. Maintenant, Nonius est riche.

– Ce garçon t'embête, Restituta ? lança une voix dans leurs dos.

Jonathan se retourna et aperçut un homme d'un certain âge, petit, arborant une barbe brune et coiffé d'une calotte blanche.

– Oh, mais non ! s'exclama Restituta en riant. Nous parlions de ce pauvre vieux Dives.

– Je te connais ? s'enquit l'homme avec un sourire. Tu fréquentes la synagogue, n'est-ce pas ?

– Oui, dit Jonathan.

– Alors tu es des nôtres, conclut la femme.

Jonathan acquiesça.

– Et pourquoi est-ce qu'on ne t'y voit plus ? demanda l'homme. À la synagogue, je veux dire.

Jonathan hésita à avouer que son père, Mordecaï ben Ezra, était devenu adepte d'une nouvelle secte appelée la Voie et qu'à cause de son choix, ils avaient été bannis de la synagogue et rejetés par la communauté juive. Même leur propre famille avait coupé les ponts. Mais sans lui laisser le temps de chercher une explication, Restituta vola à son secours.

– Ça ne te regarde pas vraiment, Gaïus, n'est-ce pas ? dit-elle avec légèreté.

15

– Non, sans doute pas, admit l'homme avec un clin d'œil à Jonathan. Je m'appelle Staphylus, ajouta-t-il, Gaïus Artorius Staphylus.

– Vous avez les mêmes prénoms[1] que Gaïus Artorius Dives, observa Jonathan en regardant le bûcher. Ça veut dire qu'il vous a affranchi, vous aussi ? *Mazel tov*[2] !

Staphylus sourit.

– C'est juste. Mais pas avec la dernière fournée, comme Artoria Restituta ici présente. Le vieux Dives m'a affranchi il y a plusieurs années, quand il m'a nommé intendant. C'est une belle propriété. Ça me plaît de m'en occuper. Il y a du bétail, des vignes, des oliviers et les meilleurs mûriers d'Italie.

Il désigna l'homme qui se tenait près du bûcher.

– J'espère seulement que le jeune Nonius, là-bas, va me laisser autant de liberté que Dives pour administrer le domaine.

– Et moi, j'espère qu'il sera aussi bien disposé envers nous autres Juifs, ajouta la femme. Je peux encore te dire une chose sur Dives, maintenant que je sais que tu es des nôtres : c'était un Gentil* qui

1. Il n'y en avait qu'une vingtaine à l'époque romaine ; les filles n'en avaient pas, elles prenaient la forme féminine du *nomen* et du *cognomen* de leur père. Pour cette raison, elles employaient souvent des diminutifs, comme Pollina et Pollinilla.
2. Terme hébreu de bienvenue, signifiant « bonne chance ».

16

avait du cœur. Il achetait beaucoup d'esclaves juifs, mais c'était pour s'assurer qu'ils seraient bien traités. Il ne nous battait jamais.

– Ça ne l'a pas empêché de se faire incinérer le jour du sabbat, grommela Staphylus.

– J'imagine qu'il n'a pas eu le choix, dit la femme en riant. De toute façon, c'est son héritier qui a décidé de la date.

Staphylus regarda les lièvres qui pendaient à la ceinture de Jonathan.

– C'est pour ça que tu ne viens pas à la synagogue ? Pour aller chasser de la viande qui n'est même pas casher* le jour du sabbat ?

– Euh… Je ferais mieux d'y aller, marmonna Jonathan.

Il siffla Tigris.

– Tu le fais fuir, maintenant, fit remarquer Restituta à Staphylus. Je t'avais bien dit de te mêler de tes affaires.

– J'ai été content de faire votre connaissance, reprit Jonathan tandis que Tigris bondissait à ses côtés. Shalom, Staphylus, shalom…

– Restituta, lui rappela la femme en riant. Shalom à toi aussi.

Jonathan repartit avec Tigris vers la route qui menait à la porte de la Fontaine. Il jeta un coup d'œil par-dessus son épaule : Staphylus et Restituta le regardaient toujours. Leurs visages s'effaçaient dans le brouillard et la fumée du bûcher. Ils le saluèrent d'un geste amical, auquel il répondit avant de hâter le pas.

À Ostia, la plupart des tombes s'alignaient au bord de la route, mais on trouvait quelques autels et pierres funéraires en retrait, sous les pins. Il traversa la route de Laurentum, et il venait de dépasser une tombe de gladiateurs[1] lorsqu'il vit quelque chose qui le fit s'arrêter net.

C'était un bloc de pierre posé au pied d'un pin parasol.

Il étudia l'inscription peinte en rouge sur le marbre blanc. Et pour la troisième fois ce matin-là, il fut pris de frissons.

– Par les sourcils de Jupiter[2] ! chuchota-t-il à Tigris. C'est ma tombe !

– Jonathan ! cria une voix féminine. Jonathan !

– Ici, Flavia[3] ! Je suis là, derrière la tombe de gladiateurs !

– Ah, te voilà !

1. Homme entraîné pour combattre d'autres gladiateurs dans l'arène, parfois dans une lutte à mort.
2. Roi des dieux romains ; avec sa femme Junon et sa fille Minerve, il est l'une des trois divinités principales de Rome, appelée « la triade du Capitole ». Jupiter est le frère de Pluton et de Neptune.
3. Nom féminin qui signifie « Blonde ». Flavius est la forme masculine du même nom.

Une jeune fille aux cheveux châtain clair, vêtue d'une palla bleu pâle, apparut à la lisière de la pinède noyée dans la brume. Flavia Gemina était la voisine et l'amie de Jonathan. Avec leurs camarades Nubia et Lupus, ils avaient élucidé bien des mystères et vécu bien des aventures.

Le chien de Flavia, Scuto, émergea du brouillard à sa suite.

Tigris courut à sa rencontre et les deux chiens, un noir et un brun doré, se reniflèrent un instant pour se dire bonjour. Bien que Tigris n'ait qu'un an et demi, il était déjà plus grand que Scuto, qui avait pourtant sa taille adulte.

– Nous t'avons cherché partout ! s'écria Flavia, hors d'haleine. Nubia est allée vers l'ouest et moi vers l'est, et Lupus te cherche aux thermes.

Jonathan ne répondit pas. Les sourcils levés, il montra la tombe du doigt.

Flavia lut l'inscription :

– *Aux esprits du monde souterrain. À Jonathan, fils de Mordecaï. Ses amis Flavia, Nubia et Lupus ont posé cette pierre pour lui, leur valeureux ami.*

Elle se couvrit la bouche d'une main.

– Aïe !

– « Aïe », comme tu dis.

– On voulait t'en parler, mais on a oublié.

– Vous avez oublié de me dire que j'étais mort ?

– Jonathan ! Ne dis pas des choses pareilles !

Flavia fit le signe qui éloignait les mauvais esprits et cracha même par terre pour plus de sécurité.

– On l'a posée ici au printemps dernier, quand on te croyait mort. Mais tu n'étais pas mort. Tu étais gladiateur, tu te souviens ?

– En faisant un gros effort, je crois pouvoir me rappeler que je ne suis pas mort, en effet, grommela Jonathan.

– Tu sais bien ce que je veux dire.

Les yeux gris de Flavia brillaient d'excitation.

Jonathan haussa un sourcil interrogateur.

– Alors ? C'est quoi, ton nouveau mystère ?

– Hein ? Tu... Comment tu sais que j'en ai un ?

– Je reconnais cette étincelle dans tes yeux.

Flavia sourit.

– C'est ta sœur, Miriam. Elle est ici. Je veux dire : pas ici au cimetière, mais ici à Ostia. Elle est chez toi. Et tu as deviné juste : elle nous apporte un mystère à résoudre !

ROULEAU II

Flavia pensait que Miriam était la plus belle fille qu'elle ait jamais vue.

Avec ses boucles brunes et brillantes, ses grands yeux violets et sa peau de lait, la sœur de Jonathan était capable de pétrifier sur place toute une cohorte de légionnaires. Un mois plus tôt, elle avait été la cause involontaire d'une collision devant la porte de Rome. Même enceinte de huit mois, elle était si belle que les conducteurs de carrioles ne pouvaient pas en détacher les yeux.

Flavia savait que Miriam détestait attirer l'attention des hommes. C'est pour cette raison qu'elle portait sa palla rabattue sur la tête, comme la matrone pudique qu'elle était. Mais ici, dans la maison de son père, elle était dévoilée. Vêtue d'une stola[1] bleu foncé, assise sur une banquette rayée de rouge et d'orange, elle rayonnait de beauté.

---

1. Robe de femme qui ressemblait à une longue tunique sans manches. Dans l'Antiquité romaine, elle était surtout portée par les matrones (les femmes mariées respectables).

Flavia soupira. Miriam était non seulement éblouissante, mais aussi généreuse et pleine de compassion. Enfin, c'était une sage-femme chevronnée. Bien qu'enceinte jusqu'aux yeux, elle continuait d'aider les esclaves et les femmes qui n'avaient pas les moyens de payer un médecin pour assister à leur accouchement.

Une esclave se présenta à la porte de la salle à manger. Comme d'habitude, Flavia dut faire un effort pour ne pas la dévisager : la fille portait son nom, Delilah, marqué au fer rouge sur le front. C'était Susannah, la mère de Jonathan, qui l'avait ramenée de Rome.

– Excusez-moi, dit Delilah. Nubia est arrivée.

Une fille à la peau sombre, vêtue d'une cape en peau de lion, entra dans le tablinum[1], un chien noir sur ses talons.

– Nubia ! s'écria Flavia. Et Nipur ! Maintenant que nous sommes tous là, Miriam peut nous parler de son mystère.

– Prends une infusion de menthe, Nubia, proposa Jonathan.

Pendant ce temps, les deux chiens faisaient fête au nouveau venu.

---

1. Pièce servant de bureau pour le maître, dans les riches maisons romaines, et qui donnait souvent sur l'atrium ou le jardin intérieur, ou les deux.

Un garçon brun en tunique[1] vert d'eau salua Nubia de la main et lui indiqua un plateau chargé de dattes fourrées aux amandes. Lupus, qui avait connu la vie de mendiant, habitait maintenant chez Jonathan. Il ne pouvait pas parler car il n'avait plus de langue.

– Bonjour, tout le monde! lança Nubia en tendant sa cape à Delilah.

Elle prit un gobelet d'infusion de menthe et une poignée de dattes avant d'aller s'asseoir gracieusement à côté de Flavia.

– Miriam nous parlait de sa nouvelle amie, Hephzibah.

– Hephzibah? Je n'avais jamais entendu ce nom avant.

Nubia n'était en Italie que depuis un an et demi, mais elle parlait déjà bien le latin.

– C'est un nom hébreu, expliqua Miriam. Hephzibah est née à Jérusalem, comme moi. C'était ma meilleure amie quand j'avais quatre ans. Je l'ai revue le mois dernier, quand j'ai soigné une esclave enceinte dans le domaine où elle vit, et nous avons renoué.

Flavia se tourna vers Nubia et ajouta, la bouche pleine de dattes:

---

1. Vêtement qui ressemblait à un long T-shirt. Les tuniques portées par les enfants avaient en général les manches longues.

– Miriam veut qu'Hephzibah vienne vivre avec elle et Oncle Gaïus pour l'aider après la naissance du bébé.

Assis sur la banquette à côté de Jonathan, Lupus fit le geste de se couper la gorge, ferma les yeux et retomba sur les coussins.

– Ce que Lupus essaie de nous dire, précisa Flavia, c'est que le maître d'Hephzibah est mort hier.

– Quelqu'un lui a coupé la gorge ? s'étonna Nubia.

Lupus fit « non » de la tête, puis caressa un énorme ventre imaginaire avant de tomber de nouveau à la renverse.

– Il était enceint ? demanda Jonathan en s'esclaffant.

Lupus se mit à rire et fit encore signe que ce n'était pas ça, puis il gonfla les joues en rentrant le menton.

– Il était tellement gros qu'il en est mort ? avança Nubia.

Lupus leva les pouces pour lui indiquer qu'elle avait deviné juste.

– En tout cas, c'est ce que disent ses esclaves, reprit Miriam. Il s'appelait Dives, et son domaine était à côté du nôtre.

– Dives ? s'écria Jonathan. Je reviens à l'instant de ses funérailles !

Toute la bande le regarda avec étonnement.

– J'étais à la chasse quand j'ai vu sa dépouille sur un bûcher, continua-t-il. Ses esclaves ont sans doute raison : il devait être très gros, parce qu'il faisait un feu magnifique !

Nubia frissonna, mais Flavia se tourna vers Miriam avec enthousiasme et s'exclama :

– Je parie que c'est ça, ton mystère : tu penses que quelqu'un a assassiné Dives, et tu veux qu'on retrouve le meurtrier !

– Non, ce n'est pas aussi dramatique, répondit Miriam. Je suis sûre que Dives est mort de mort naturelle. Le mystère, c'est que quelques jours avant de mourir, il a affranchi Hephzibah.

Nubia cessa de caresser Nipur et leva la tête.

– L'homme qui est mort parce qu'il était trop gros ? Il a affranchi ton amie ?

– Oui. Mais il lui a demandé de n'en rien dire à personne.

– Et pourquoi ça ? s'enquit Flavia.

– Je ne sais pas, et elle non plus.

– Mais elle te l'a dit, à toi, fit remarquer Jonathan.

Les yeux de Miriam se remplirent de larmes.

– Oui, et j'aurais préféré qu'elle le dise aussi à d'autres. Ça fait partie du problème. Dives est mort quelques jours seulement après avoir affranchi Hephzibah. Il a laissé tous ses biens à un homme qui s'appelle Nonius, mais…

– C'est ça, l'interrompit Jonathan. Nonius Celer. Je l'ai vu, il était aux funérailles.

Miriam hocha la tête.

– Mais Nonius dit qu'il n'y a aucune trace d'un acte de manumission.

– D'un acte de ta nue mission ? demanda Nubia.

– La manumission, expliqua Flavia, c'est le fait d'affranchir un esclave.

Miriam reprit :

– Nonius, le nouveau propriétaire du domaine, affirme qu'Hephzibah lui appartient toujours. Si seulement elle en avait parlé à d'autres esclaves, ou à des affranchis, ils auraient pu confirmer qu'elle a bien été libérée. Mais à part l'homme qui en a été le témoin, je suis la seule à en avoir jamais entendu parler.

– Il y avait un témoin ? s'étonna Flavia.

– Apparemment.

– Mais alors il peut sûrement jurer que ton amie a bien été affranchie ?

– C'est bien là le mystère, annonça Miriam. Ce témoin a disparu.

– Comment s'appelle-t-il ? demanda Jonathan.

Miriam secoua la tête.

– Hephzibah n'arrive pas à s'en souvenir. Elle croit qu'il pourrait s'appeler quelque chose comme Gaïus Helvidius Pupienus. Ce serait un magistrat ou quelqu'un de ce genre. Si ça peut vous être utile, elle me l'a décrit.

– Oui, ça peut nous aider, dit Flavia en sortant sa tablette de cire[1] pour prendre des notes.

– D'après Hephzibah, il perd ses cheveux, il a un long nez et une petite tache de naissance en forme de papillon au-dessus du sourcil gauche… Flavia, reprit Miriam en se penchant vers son amie, il faut absolument le retrouver ! Hephzibah a convoqué son nouveau maître devant le tribunal, et nous avons besoin d'un témoin pour prouver qu'elle est libre.

– Elle peut faire ça ? s'étonna Jonathan. Une esclave peut faire comparaître un citoyen devant le tribunal ?

– Non, elle n'en a pas le droit, répondit Miriam. Mais un autre citoyen peut s'en charger à sa place.

– Je parie que c'est Oncle Gaïus, dit Flavia. Il a accepté de devenir son protecteur et de défendre sa cause ?

– Non, Gaïus est très occupé à la ferme, parce que la récolte des olives n'est pas terminée. Et il n'y connaît pas grand-chose en droit.

Miriam baissa la tête et passa la main sur son ventre rond.

– Alors j'ai demandé à Gaïus Plinius Secundus d'intervenir, conclut-elle.

---

1. Petite planche de bois recouverte d'une couche de cire, servant à écrire.

– Pline[1] ! s'écria Flavia. Tu as demandé à Pline !

– Oui.

– Et il a accepté ?

– Évidemment qu'il a accepté, coupa Jonathan. Il est amoureux de Miriam.

– Ne dis pas de bêtises, Jonathan, murmura la jeune femme.

Mais elle garda la tête baissée.

Flavia et Nubia échangèrent un long regard.

– Ce n'est pas une bêtise, Miriam, observa Flavia. Pline était fou de toi l'été dernier.

Miriam releva la tête pour la regarder en face.

– Mais il ne l'est plus maintenant. Il est étudiant en rhétorique[2] et il dit qu'il sera heureux d'avoir l'occasion de plaider une affaire.

Jonathan ricana.

– Si tu le dis…

Delilah réapparut dans l'encadrement de la porte.

– Excusez-moi, mais une carriole est là. Le conducteur dit qu'il va à Laurentum.

– C'est pour moi, dit Miriam en se relevant péniblement. L'un des esclaves de Pline avait une course

1. Connu aujourd'hui sous le nom de Pline le Jeune, Gaïus Plinius Secundus était le neveu de Pline l'Ancien, écrivain et homme d'État célèbre qui mourut dans l'éruption du Vésuve.
2. Art de convaincre par la parole ou l'écriture.

à faire à Ostia. Il m'a emmenée, et maintenant il me ramène.

Une fois de plus, elle regarda ses amis avec les larmes aux yeux.

– Je vous en prie, retrouvez ce témoin. C'est la seule preuve que possède Hephzibah de sa liberté. Sans lui, elle ne pourra jamais venir vivre chez nous. Et il faut qu'elle vienne ! Il le faut !

Le soleil de décembre avait fait disparaître le brouillard. Il était maintenant assez haut pour projeter une ombre sur le nouveau cadran solaire installé dans le jardin intérieur, chez Flavia.

– Il faut que nous trouvions ce témoin, et vite, murmura la jeune fille en faisant les cent pas dans l'allée. Si l'on en croit Hephzibah, ce serait un magistrat. Tous les bâtiments publics ferment à midi. D'après ça, reprit-elle en indiquant le cadran, nous n'avons plus qu'une demi-heure. Par où commencer ? Quelqu'un a une idée ?

– Si on essayait la basilica[1] ? proposa Jonathan. Normalement, la liste des magistrats y est affichée, et on pourrait demander aux scribes ou aux employés s'ils connaissent quelqu'un qui a une tache de naissance.

– Excellent ! Une autre idée ?

---

1. Bâtiment où se trouvaient la cour de justice, les bureaux et la prison. On en voit encore les ruines à Ostia.

Nubia hocha la tête timidement.

– Aristo est parti voir son ami Léandre ce matin, mais il a dit qu'il rentrerait déjeuner avant d'aller aux thermes. Je vais l'attendre ici et l'interroger.

– Très bien. Et si Pater arrive, tu peux l'interroger aussi, ajouta Flavia.

– Où est ton père ? lui demanda Jonathan.

– Il est en Sicile pour le mariage de son protecteur. Je ne te l'avais pas dit ? Cordius va épouser la mère d'Avita, Julia Firma !

– La mère d'Avita ?

– Oui. Tu te souviens d'Avita, la petite fille qui a été mordue par un chien enragé, et qui en est morte ?

– Bien sûr. Je passe souvent devant sa tombe.

– Et tu te rappelles que son père est mort également ?

– Comment l'oublier ?

– Alors tu sais que sa mère, Julia Firma, s'est retrouvée seule au monde et que Cordius l'a prise chez lui comme couturière parce qu'elle n'avait plus de quoi vivre ? Eh bien, Cupidon a dû lui lancer sa flèche, parce qu'ils se marient. Les noces ont lieu dans le domaine de Cordius en Sicile ! C'est romantique, non ?

– Je suppose, répondit Jonathan.

– En tout cas, Pater y est allé et il m'a dit de ne pas l'attendre avant les nones[1]. Oui, Lupus ?

1. Septième jour de mars, mai, juillet et octobre. Cinquième jour des autres mois, décembre compris (l'époque à laquelle se passe l'histoire).

Le garçon avait écrit quelque chose sur sa tablette. Il la tint en l'air pour la montrer : *Forum*[1] *des Corporations* ?

– Quoi donc ?

Lupus mima à deux mains le vol d'un papillon, puis mit ses doigts en visière au-dessus de ses yeux en faisant mine de chercher quelqu'un.

– Bonne idée ! l'approuva Flavia. Va te mettre en quête de l'homme à la marque de papillon au forum des Corporations, et moi, j'irai au grand forum avec Jonathan. Quand les gongs sonneront midi, les magistrats sortiront des salles d'audience pour se diriger vers les thermes. Je suis sûre que l'un d'eux nous aidera à trouver celui que nous cherchons.

Il ne fallut que quelques minutes à Lupus pour découvrir le nom du mystérieux témoin.

Il commença par tracer sur sa tablette de cire un portrait de l'homme que Miriam avait décrit. Il dessina un visage avec un long nez et un front haut, puis il ajouta un petit papillon au-dessus de l'arcade sourcilière gauche. Au moment où les gongs sonnaient midi, il prit position près de la porte du forum et attendit les hommes qui s'en allaient, en route pour leurs thermes préférés. Au moment où ils commençaient à affluer à la sortie, Lupus brandit sa

1. Place du marché dans les villes romaines de l'Antiquité. C'était aussi un lieu de rencontres, de débats et d'échanges.

tablette de la main droite en l'indiquant de son index gauche.

Quelques curieux firent cercle autour du portrait et en attirèrent d'autres qui voulaient aussi savoir de quoi il s'agissait. Bientôt, une foule entière se bousculait pour mieux voir.

– C'EST PAPILLIO, LE DÉCURION[1] ! s'exclama un grand homme mince.

C'était Praeco, l'un des crieurs de la ville d'Ostia ; son métier l'avait rendu incapable de parler normalement.

– Papillio ? dit un autre. Tu es sûr ?

– ÉVIDEMMENT QUE J'EN SUIS SÛR ! tonna Praeco. VOUS VOYEZ CETTE TACHE DE NAISSANCE EN FORME DE PAPILLON AU-DESSUS DE SON SOURCIL ?

– Mais non, c'est Didius, intervint un troisième homme. Et ce n'est pas une tache de naissance, c'est juste une bavure sur le dessin.

– Ce n'est pas une bavure, protesta un affranchi en chapeau conique. Tu l'as dessinée exprès, n'est-ce pas, mon garçon ?

Lupus acquiesça.

Un homme qui louchait se mêla à la discussion :

---

1. Le conseil de la ville d'Ostia était composé de cent hommes appelés décurions. Pour être éligibles, ils devaient être nés libres, être riches et avoir plus de vingt-cinq ans.

– Qu'est-ce qui t'arrive, mon garçon ? Tu as un bœuf sur la langue ?

– Tais-toi, imbécile ! lui murmura un Éthiopien à la tête chauve. C'est le garçon qui a eu la langue coupée. Traite-le avec égards. Il est propriétaire d'un navire, figure-toi. Il se pourrait bien qu'il vous donne du travail un jour, à toi et ton équipage.

– Oh, désolé, mon garçon. Je ne voulais pas te manquer de respect.

Lupus haussa les épaules et montra son dessin avec un air interrogateur.

– SI CE GARÇON A DESSINÉ LA MARQUE EXPRÈS, ALORS CE NE PEUT ÊTRE QUE PAPILLIO ! hurla de nouveau le crieur.

– Il parle de Gnaeus Helvius Papillio, le décurion, expliqua l'homme au chapeau pointu. Tu sais, il est membre du conseil de la cité.

Enchanté, Lupus hocha la tête et nota le nom sur sa tablette.

– Papillio a le menton plus lourd, objecta quelqu'un.

Lupus frotta le menton qu'il avait dessiné et le remplaça aussitôt par un trait plus affirmé, puis il montra la tablette.

– LES SOURCILS PLUS MINCES ! tonna Praeco.

– Et les oreilles plus grandes ! cria un eunuque d'une voix aiguë.

– Et des rides d'expression sur le front, ajouta l'affranchi.

Lupus gommait avec le pouce et ajustait son dessin avec la pointe de son stylet[1] en bronze.

Enfin, tout le monde fut d'accord. Le portrait était bien celui de Gnaeus Helvius Papillio, un célibataire qui habitait au troisième étage de la résidence du Jardin, près de la porte de la Marina.

– Miriam ! Oncle Gaïus ! Où êtes-vous ? appelait Flavia tout en montant avec ses amis le sentier gravillonné qui menait à la maison que son oncle habitait à Laurentum.

Les chiens couraient devant. Les quatre amis avaient mis plus d'une heure à arriver jusque-là, mais le temps était magnifique et les feuilles gris-vert des oliviers brillaient au soleil. Une dizaine de poules brunes picoraient sur le sentier, mais elles s'égaillèrent vite quand Scuto courut à leur rencontre.

– Scuto ! Arrête de chasser les poules ! gronda Flavia. Pourquoi es-tu incapable de te tenir tranquille ? Prends donc modèle sur Nipur et Tigris !

Scuto la regarda en haletant joyeusement et remua la queue. Elle lui donna une petite tape amicale avant d'appeler encore une fois :

– Oncle Gaïus ?

1. Bâtonnet de métal, de bois ou d'ivoire utilisé pour écrire sur les tablettes de cire.

34

La porte d'entrée s'ouvrit en grinçant et un vieil esclave apparut entre les colonnades en bois du porche. Il leur adressa un grand sourire qui découvrit une dent unique.

– Bonjour, Senex. Oncle Gaïus est là ?

– Il est parti à Rome avec Dromo, répondit Senex de sa voix chevrotante.

Flavia lui fit un signe de tête en souriant. Dromo était le deuxième esclave de la maison de Laurentum. Il n'était pas tout à fait aussi vieux que Senex ; il arborait quatre dents au lieu d'une. Flavia savait que son oncle et Miriam n'avaient pas les moyens d'entretenir de vrais esclaves et qu'ils avaient recueilli les deux vieillards par bonté d'âme.

– Le maître et Dromo vont bientôt rentrer, et la maîtresse est dans sa chambre, dit Senex.

Il s'effaça pour laisser entrer Flavia et ses trois amis. Les chiens restèrent dehors pour fureter à loisir.

– Miriam ! appela Flavia.

Ouvrant la marche, elle traversa le petit jardin et repoussa énergiquement le rideau qui masquait la chambre de la jeune femme.

– Oh, pardon ! s'écria-t-elle. Je ne savais pas que tu avais de la visite.

Miriam, assise sur son lit, était en train de brosser les cheveux d'une poupée. Une ravissante jeune fille de quatorze ou quinze ans était installée près d'elle.

En voyant arriver Flavia et ses amis, elle sauta sur ses pieds en écarquillant ses grands yeux bruns. Elle avait la peau claire et ses cheveux cuivrés, tirés sur son front lisse, étaient retenus par un filet.

– Bonjour, Jonathan, Flavia, Nubia et Lupus !

Miriam posa la poupée et voulut se lever, mais son gros ventre la gênait et elle retomba en arrière, ce qui la fit rire. La fille aux cheveux dorés l'aida à se relever en souriant.

– Je vous présente ma grande amie Hephzibah, expliqua Miriam d'une voix haletante. Je vous ai parlé d'elle. Hephzibah, voici mon jeune frère Jonathan, ainsi que Flavia, Nubia et Lupus.

– Oh ! s'écria Hephzibah en frappant gaiement dans ses mains. C'est le bébé Jonathan !

– Quoi ? fit l'intéressé.

De son côté, Lupus haussa les sourcils.

Hephzibah poursuivit :

– Miriam, tu te souviens du jour où nous avons volé le bébé Jonathan dans son berceau et où nous l'avons promené en prétendant que nous étions des mamans ?

– Oh, oui ! dit Miriam en riant. Et nous l'avons entièrement démailloté pour voir comment il était fait !

– Si petit et si parfait…

– Je n'étais pas si petit que ça, marmonna Jonathan d'un air vexé.

Lupus s'esclaffa.

– Oh, Hephzibah ! lança Miriam.

Avec un drôle de rire qui ressemblait à un sanglot, elle prit les mains de son amie dans les siennes. Elles échangèrent un regard intense, que Flavia ne sut interpréter.

Sans lâcher les mains d'Hephzibah, Miriam se tourna vers ses visiteurs.

– Je vous en prie, dites-moi que vous avez de bonnes nouvelles. Dites-moi que vous avez trouvé l'homme qui a été témoin de la manumission.

Flavia hocha la tête en tapotant le dos de Lupus.

– Oui, nous avons de bonnes nouvelles.

ROULEAU III

Une demi-heure plus tard, ils étaient tous assis dans la roseraie de la maison de Laurentum. Ils picoraient des mûres séchées, un gobelet d'orgeat au citron à la main, lorsque le portail grinça. Le vieux Senex fit son apparition.

– Pline est là, annonça-t-il de sa voix chevrotante, je suis allé le chercher comme vous me l'avez demandé.

– Merci, Senex, dit Miriam en se levant pour accueillir le jeune homme, préviens-moi dès que mon mari sera de retour.

Le vieil esclave salua avec cérémonie, hocha sa tête grise en signe d'assentiment et sortit en refermant la porte grinçante du jardin.

– Cher Gaïus, bonjour !

Gaïus était exactement tel que Flavia se le rappelait. De taille moyenne, il paraissait âgé d'environ dix-huit ans. Sous sa toison de cheveux bruns, ses sourcils en bataille abritaient des yeux noirs très vifs.

Il se pencha pour caresser les chiens sans quitter Miriam des yeux. Flavia et Nubia échangèrent un regard entendu. Ainsi, il était toujours amoureux d'elle !

– Tu te souviens de mon frère Jonathan, n'est-ce pas ? demanda Miriam en rougissant devant son air adorateur. Ainsi que de Flavia, Nubia et Lupus ?

Pline se redressa et détourna les yeux à grand-peine.

– Bonjour, je suis heureux de vous revoir. Comment allez-vous depuis l'année dernière ?

Un instant, Flavia fut tentée de lui raconter qu'ils avaient combattu des fauves dans le nouvel amphithéâtre[1], sauvé des enfants enlevés et détenus dans l'île de Rhodes, poursuivi un fuyard à travers la moitié de la Grèce continentale, et participé à une course de chars dans le Circus Maximus. Mais elle se contenta de répondre plus simplement :

– Nous avons été très occupés.

– Moi aussi, dit Pline. J'ai étudié la rhétorique à Rome. Je viens de rentrer pour préparer les Saturnales. Ta sœur et son amie ont eu de la chance de me trouver à la maison hier.

Il se tourna de nouveau vers Miriam, qui s'était assise.

---

1. Stade de forme ovale consacré aux spectacles de gladiateurs, aux combats d'animaux et aux exécutions. L'amphithéâtre Flavien (le « Colisée »), à Rome, est le plus célèbre.

– Prends un siège, Gaïus, dit celle-ci en indiquant une chaise à côté d'elle. Veux-tu de l'orgeat au citron, ou préfères-tu un vin chaud épicé ?

– De l'orgeat au citron, ce sera parfait, répondit Pline en prenant place près d'elle.

– Lupus a retrouvé notre témoin, raconta Miriam en lui servant un gobelet.

Pline la regardait faire, complètement sous le charme.

– Votre témoin ?

Miriam posa le gobelet devant lui.

– L'homme qui a assisté à la manumission d'Hephzibah. Tu as dit que tu aurais besoin de lui pour aller voir le juge avec elle.

– Ah, oui, notre témoin !

Pline fouilla dans la sacoche qu'il portait en bandoulière et en sortit une tablette de cire, avant de se tourner vers Hephzibah.

– Et comment s'appelle-t-il ?

– Gnaeus Helvius Papillio, répondit Hephzibah de sa voix chantante. Voici à quoi il ressemble, ajouta-t-elle en lui montrant le croquis de Lupus.

– Mais oui, bien sûr ! s'exclama Pline. Je le connais. Je suis désolé, Miriam, j'aurais dû le deviner quand tu m'en as parlé, puisque le nom de Papillio signifie « papillon »… Je n'ai pas été à la hauteur, et je t'en demande pardon.

– Tu n'as rien à te reprocher. Mais qu'est-ce qu'on fait maintenant ?

Pline vida sa coupe, la reposa rapidement sur la table et se leva.

– Rien. Ne faites rien, vous. Je vais faire porter une convocation à ce Papillio, pour lui dire de se présenter au tribunal, non pas demain, c'est un jour nefas[1], mais après-demain, juste avant les nones. Est-ce que tu seras là ?

– Oui, répondit Miriam en pressant la main d'Hephzibah entre les siennes, je serai là. Je veux soutenir mon amie.

– Nous aussi, nous viendrons ! s'écria Flavia. Si Aristo veut bien considérer ça comme une leçon. Après tout, c'est nous qui avons retrouvé le témoin.

– Parfait, répondit Pline sans détacher les yeux du visage de Miriam. Alors je vous verrai tous après-demain. Au revoir, Hephzibah, au revoir, Miriam.

Il réussit à s'arracher à la contemplation de la jeune femme pour saluer ses compagnons.

– Au revoir, mes jeunes amis !

Arrivé à la porte du jardin, il se retourna.

– À propos, l'audience n'aura pas lieu dans la basilica, mais au forum, probablement près du petit temple de Cérès[2]. Après tout, ce n'est qu'une formalité.

---

1. Mot latin signifiant « interdit », « péché » ou « honte ». Un jour néfaste, *dies nefas*, est un jour où aucune affaire ne peut être jugée au tribunal.
2. Déesse des céréales et des récoltes, ressource vitale d'Ostia, connue sous le nom de Déméter chez les Grecs.

Deux jours plus tard, veille des nones, la petite troupe se rendit à pied jusqu'au forum pour entendre Papillio témoigner du fait qu'Hephzibah était bien libre.

– Aristo, demanda Flavia, comment s'y prend-on pour affranchir un esclave ?

Aristo, un jeune et beau Corinthien, était son tuteur depuis trois ans. Il avait le teint mat, les cheveux couleur bronze et des yeux bruns pétillants d'intelligence.

– L'une des méthodes est très simple : le maître, ou la maîtresse, peut inviter l'esclave à s'allonger à ses côtés pour le repas, en présence de témoins.

– C'est comme ça que j'ai donné sa liberté à Nubia, dit Flavia en prenant la main de son amie. Quel autre moyen y a-t-il ?

– La manière officielle, c'est d'affranchir l'esclave en présence d'un consul ou d'un préteur[1], si l'on veut aller vraiment jusqu'au sommet de la hiérarchie. Mais de nos jours, un duovir[2] ou un édile[3] font l'affaire, et même un décurion !

1. Administrateur de l'Empire romain qui siégeait souvent en tant que président du tribunal.
2. L'un des deux plus importants magistrats d'Ostia, il était en poste pour un an et pouvait présider le tribunal au cours des procédures.
3. À Ostia, deux édiles étaient élus chaque année pour surveiller l'entretien des bâtiments publics, temples et marchés. Ils étaient également responsables des poids et mesures.

– Qui sont ces gens ? demanda Nubia en plissant son joli front.

Aristo haussa les sourcils.

– Quelqu'un peut expliquer à Nubia la différence entre un duovir, un édile et un décurion ?

– Un duovir, répondit Jonathan, c'est l'un des deux hommes qui gouvernent Ostia, comme les deux consuls de Rome. Les édiles sont responsables des bâtiments publics, comme les thermes et les temples. Les décurions sont membres du conseil de la ville ; ils sont plus nombreux, je crois qu'Ostia en compte cent.

– Très bien, approuva Aristo avec un sourire.

– Y a-t-il encore un autre moyen de libérer les esclaves ? insista Nubia.

– Oui. La manière la plus courante, c'est de donner leur liberté aux esclaves par testament. Ils servent leur maître de son vivant et, à ses funérailles, ils forment une foule d'affranchis reconnaissants. Dans ce cas, ce sont les sept témoins du testament qui garantissent la manumission.

– C'est ce qu'a fait Dives, intervint Jonathan. Il a libéré une douzaine d'esclaves. Ils étaient tous venus fêter ses funérailles.

– Pleurer à ses funérailles, tu veux dire, non ? le reprit Flavia.

– Un peu des deux, je suppose. Je n'aimerais pas que des gens se réjouissent de ma mort. Je préférerais que tout le monde pleure.

– On pleurera, nous, c'est promis, dit Flavia.

Lupus s'esclaffa.

– Ne riez pas, marmonna Jonathan, vous pourriez le regretter.

– Comment ça ?

– Je n'arrête pas de faire le même rêve.

– C'est un mauvais rêve ? demanda Nubia.

– Oui, il revient chaque nuit.

– Nubia aussi faisait des cauchemars il y a quelques mois, rappela Flavia.

– Oui, mais le mien, ce n'est pas un rêve ordinaire. Il est terriblement réaliste. Il ressemble aux visions que j'ai eues avant l'éruption du Vésuve.

Lupus regarda son ami avec inquiétude, et Nubia se pencha vers lui pour demander :

– Mais qu'est-ce que tu vois ?

– Je vois une procession funèbre, par un jour de brume… et j'ai l'impression que c'est de moi qu'il s'agit, avoua Jonathan avec un soupir.

– Jonathan ! s'écria Flavia en faisant un signe pour éloigner le mauvais sort. Ne dis pas des choses pareilles !

Ils répétèrent tous son geste, et Nubia s'approcha de Jonathan pour lui donner une petite tape dans le dos.

– Je suis chargé de veiller sur vous, intervint Aristo, et je ferai tout pour qu'il ne vous arrive jamais aucun mal.

Ils débouchaient sur le forum. Par précaution, Flavia fit encore une fois le signe pour écarter le mauvais sort.

Le ciel était gris ce matin-là, et la fumée des sacrifices du matin flottait encore dans l'air.

– Regardez ! s'écria Nubia. Pline, et aussi Phrixus !

– Où ça ? demanda Aristo en tournant la tête de tous côtés.

– Mais là-bas ! Entre la petite fontaine ronde et le temple de Rome et d'Auguste.

– Ah, je les vois ! dit Flavia. Près du temple de Cérès. Et regardez, il y a Miriam avec Hephzibah et Dromo. Ce gros homme à l'air mécontent doit être le magistrat.

– Et voilà le crieur de la ville, remarqua Jonathan.

– GNAEUS HELVIUS PAPILLIO, hurlait Praeco depuis son estrade, DÉCURION D'OSTIA, HABITANT LA RÉSIDENCE DU JARDIN, VENEZ CONFIRMER UNE MANUMISSION AU FORUM !

– Par Hercule, murmura Aristo en arrivant près du temple de Cérès, elle est vraiment très enceinte !

Miriam s'approcha de ses amis, une expression soucieuse sur son joli visage.

– Jonathan, Flavia ! Il n'est pas là ! Papillio n'est pas encore arrivé !

– Je ne comprends pas, intervint Pline. Je lui ai envoyé une convocation hier. C'est une chance que

Nonius soit allé aux latrines et ne soit pas encore revenu pour se plaindre qu'on le fait attendre…

– Oh, Flavia, s'écria Miriam, qu'allons-nous faire ? Le magistrat dit que si nous ne trouvons pas notre témoin aujourd'hui, l'affaire sera classée et Hephzibah va être déchue de ses droits.

– GNAEUS HELVIUS PAPILLIO, tonna encore Praeco, SI VOUS NE VENEZ PAS TÉMOIGNER, LA REQUÉRANTE SERA DÉCHUE DE SES DROITS !

Le magistrat, un homme renfrogné vêtu d'une toge* bordée de rouge, jeta un regard furieux au crieur avant de se pencher vers son secrétaire pour lui dire quelque chose. Le secrétaire prit des notes sur sa tablette de cire.

– Je n'y comprends rien, gémit Pline. J'ai envoyé la convocation à Papillio hier et Phrixus la lui a remise en mains propres. N'est-ce pas, Phrixus ?

– Mais oui ! affirma ce dernier. Flavia, je suis content de vous voir, ajouta-t-il.

– Moi aussi, répondit la jeune fille.

– Je devrais peut-être aller voir dans la basilica ? suggéra Phrixus à Pline. Il a peut-être cru que c'était là qu'il devait se rendre.

– Bonne idée, l'approuva Pline, vas-y.

Pendant que Phrixus se précipitait vers la basilica, un homme hors d'haleine s'approcha du groupe.

– Alors, où est votre témoin ? Il n'est pas encore arrivé ?

– C'est Nonius Celer, chuchota Jonathan à l'oreille de Flavia.

Flavia hocha la tête et observa l'héritier de Dives. C'était un bel homme, grand, les yeux verts, avec les cheveux crépus et le teint mat. Il portait une cape grise sur une tunique rouge foncé.

– Je suis très occupé, se plaignit Nonius. J'ai un domaine à gérer, et ça fait près d'une demi-heure que j'attends ce Papillio.

– Et si nous allions le chercher ? demanda Flavia à Pline. Nous savons où il habite : dans la résidence du Jardin, près de la porte de la Marina. Nous devrions…

– GNAEUS HELVIUS PAPILLIO, répéta Praeco de sa voix tonitruante, DÉCURION D'OSTIA, HABITANT LA RÉSIDENCE DU JARDIN, VOUS ÊTES CONVOQUÉ AU FORUM POUR CONFIRMER UNE MANUMISSION !

– Nous devrions y aller tout de suite, conclut Flavia.

– Ça vaudrait mieux, grommela le magistrat. Si vous ne revenez pas avec votre témoin d'ici une demi-heure, non seulement cette jeune femme sera déboutée, mais elle devra payer une amende pour nous avoir fait perdre un temps précieux.

Quelques minutes plus tard, Nubia et ses amis étaient arrivés devant un immeuble en brique rouge de plusieurs étages.

Nubia ne comprenait pas comment on pouvait supporter de vivre ainsi, en hauteur. Jonathan lui raconta que des bâtiments de ce genre s'écroulaient parfois sans prévenir, mais Flavia lui assura que ça n'arrivait qu'à Rome.

Nubia leva la tête pour examiner les quatre étages. Au lieu du toit de tuiles rouges habituel, elle vit de la verdure tout en haut.

– Regardez ! Il y a des arbres sur le toit !

– Ce doit être une terrasse arborée, non, Lupus ? demanda Flavia.

Son ami hocha la tête et écrivit quelque chose sur sa tablette. Nubia lut ce qu'il avait inscrit :

Résidence du jardin, près de la porte de la Marina, troisième étage.

– C'est grand, observa Flavia, mais heureusement, nous sommes quatre. Je pars du côté est. Jonathan, prends l'aile ouest, Nubia ira au sud et Lupus au nord. Commencez par une extrémité du couloir et frappez à toutes les portes. Demandez à tous ceux que vous croisez où habite Papillio. Quelqu'un doit bien le connaître et savoir où le trouver.

Nubia acquiesça et suivit son ancienne maîtresse dans l'ombre de l'entrée voûtée, avant d'émerger en pleine lumière dans une vaste cour intérieure garnie en son milieu d'un bassin d'eau de pluie. Du côté nord, on avait installé des fourneaux en plein air, et des latrines côté sud. La cour était dépourvue d'arbres, mais quelques buissons masquaient en partie les latrines, et une jolie platebande entourait le bassin. Vu de l'extérieur, le grand immeuble paraissait nu et sévère, avec sa façade de brique percée de petites fenêtres, mais de la cour, on voyait que chaque appartement jouissait d'une plus grande ouverture donnant sur la galerie extérieure.

Flavia montra du doigt l'escalier de l'angle sud-ouest et Nubia s'y engagea docilement. Il était taillé dans du marbre blanc, et Nubia songea qu'il devait être facile de le monter la nuit. Elle gagna le troisième étage et se dirigea vers la première porte. À sa grande surprise, elle la trouva entrebâillée. Quand la jeune fille y frappa timidement, elle s'ouvrit toute grande.

À ses pieds, gisait l'homme à la marque en forme de papillon, étendu sur le dos ; ses yeux étaient ouverts mais ne voyaient plus rien. Sur le marbre blanc, une traînée de sang toute fraîche indiquait qu'il avait rampé vers la porte d'entrée et qu'il était mort juste avant d'y parvenir.

ROULEAU IV

Horrifiée, Nubia regardait l'homme qui gisait à ses pieds. Le sang avait trempé sa tunique de soie grège et l'avait teintée de pourpre.

Soudain, les yeux fixes se tournèrent vers elle et la regardèrent sans ciller.

Nubia hurla. L'homme était encore vivant !

Elle était sur le point de tourner les talons et de s'enfuir, quand une pensée lui traversa l'esprit : « Il va mourir, il faut le réconforter. »

– Papillio ? murmura-t-elle.

Il grogna en levant une main suppliante. Elle s'agenouilla près de lui et prit la main ensanglantée dans les siennes.

Il ouvrit la bouche, mais aucun son n'en sortit.

Dans la galerie extérieure, elle entendit soudain un bruit de pas précipités.

– Ne vous inquiétez pas, Gnaeus, dit-elle, contente de se rappeler son prénom. Il y a de l'aide qui arrive, ajouta-t-elle en se forçant à lui sourire, n'essayez pas de parler.

Le blessé, haletant, rouvrit la bouche et parvint à hoqueter :

– Je n'ai rien dit… Vite !

Nubia fit un signe de tête comme pour montrer qu'elle avait compris, et le blessé sembla reprendre courage. Alors même que toute lueur s'éteignait dans ses yeux, il ajouta dans un dernier effort :

– Trouvez les six autres… Par… Hercule !

Nubia l'entendit pousser un soupir rauque, et elle comprit qu'il venait de mourir.

Dehors, les bruits de pas s'arrêtèrent brusquement. Nubia se retourna et vit Flavia et Lupus dans l'encadrement de la porte. Quelques instants plus tard, Jonathan, Pline, Phrixus et l'homme basané qu'elle avait entendu appeler Nonius apparurent eux aussi.

Ils contemplèrent tous le cadavre du même air horrifié.

Puis Nonius s'évanouit et Flavia se mit à hurler.

– Tu en es sûre ? demanda Flavia à Nubia une heure plus tard. Tu es vraiment certaine que c'est ce qu'il a dit ?

Nubia buvait à petites gorgées une infusion de menthe.

– Oui, répondit-elle. Ses derniers mots ont été : « Je n'ai rien dit. Vite ! Trouvez les six autres. Par Hercule ! »

Nubia était allongée sur une banquette, enroulée dans une couverture, chez le père de Jonathan, le docteur Mordecaï. Celui-ci l'avait saignée pour l'aider à récupérer après le choc qu'elle avait subi. Il lui avait ordonné le repos avant de se rendre lui-même sur les lieux du crime pour examiner le corps.

– Nubia, tu es bien sûre que Papillio n'a rien dit d'autre ? insista Flavia. Ça n'a pas de sens.

– Par le maître de l'univers, Flavia, laisse Nubia tranquille ! intervint Jonathan. Elle a reçu un choc terrible, un homme est mort dans ses bras, et on vient de lui prélever une grosse quantité de sang.

– Jonathan a raison, dit Aristo. Nubia vient de passer des moments très pénibles. Je rends grâce aux dieux que Miriam n'ait pas vu le corps. J'espère qu'elle est bien rentrée à Laurentum avec son amie.

– Je te demande pardon, Nubia, reprit Flavia, mais ce malheureux a été assassiné, et il faut que nous trouvions pourquoi.

Nubia hocha la tête sans répondre.

Lupus montra sa tablette. Il avait écrit un seul mot : *Suicide ?*

– Je ne crois pas, Lupus, dit Flavia. Pourquoi aurait-il essayé d'aller chercher du secours, sinon ?

– Et n'oublions pas que ses derniers mots ont été : «Je n'ai rien dit», comme si on avait voulu lui faire avouer quelque chose avant de le poignarder, ajouta Jonathan.

Lupus avança les lèvres en hochant la tête, comme pour dire : « Bien vu. »

Soudain, on entendit cogner violemment à la porte d'entrée, et Tigris se mit à aboyer.

Flavia jeta un coup d'œil à Jonathan.

– On dirait bien que ce n'est pas ton père.

– Non, c'est vrai, ce n'est pas sa manière de frapper.

Un instant plus tard, Delilah apparut à la porte du tablinum.

– C'étaient des soldats, annonça-t-elle, hors d'haleine. Ils cherchaient Nubia. J'ai dit que tu étais à côté, chez Flavia, parce qu'ils veulent t'arrêter.

– Mais pourquoi voudraient-ils arrêter Nubia ? demanda Flavia en fronçant les sourcils.

– Ils croient peut-être qu'elle a tué Papillio, répondit Jonathan.

– Quoi ? s'écria Flavia.

– Delilah, demanda Jonathan, qu'est-ce qu'ils ont dit exactement ?

La jeune fille fronça les sourcils, et les lettres qu'elle portait tatouées sur le front se plissèrent.

– Ils ont dit qu'ils voulaient arrêter Nubia et l'interroger, et qu'elle doit les suivre, parce que c'est une esclave.

Ce fut au tour de Flavia de froncer les sourcils.

– Mais Nubia n'est pas une esclave ! Je l'ai affranchie il y a plus d'un an à Surrentum[1].

– En présence d'un magistrat ? s'enquit Aristo.

À côté, on entendit les aboiements de Scuto et de Nipur, et les coups frappés par les soldats sur la porte de chez Flavia.

– Non, admit celle-ci. J'ai affranchi Nubia en présence de Publius Pollius Felix[2] et de sa famille. Je te l'ai dit ce matin. Je l'ai invitée à venir s'allonger près de moi sur la banquette.

Aristo se leva en pâlissant.

– Flavia, as-tu pensé à payer la taxe aux esclaves ?

– Qu'est-ce que c'est ?

– Grands Dieux ! s'écria Aristo. Tu n'as pas fait les choses comme il le fallait, elle n'est pas libre ! Officiellement, Nubia est toujours une esclave.

Flavia le regarda, bouche bée.

– Mais tu as dit que si le maître invitait un esclave à s'allonger près de lui pour le repas, ça suffisait à le libérer…

– C'est vrai, mais ensuite, il faut faire enregistrer la manumission dans la ville de résidence, et payer une taxe de vingt pour cent du prix d'achat.

---

1. Nom de l'actuelle Sorrento (Sorrente en français), une jolie ville portuaire de la baie de Naples, au sud du Vésuve.
2. Riche patron et poète romain qui vécut à Surrentum à la fin du Ier siècle de notre ère.

Flavia haussa les épaules.

– Mais ça, je peux le faire.

– Tu ne comprends pas ! La loi romaine stipule qu'un esclave ne peut pas témoigner dans une affaire de meurtre sans avoir été torturé. Un citoyen romain vient de mourir dans les bras de Nubia. S'ils veulent la faire témoigner et si, légalement, elle est toujours esclave, ils vont être obligés de la torturer ! C'est la loi. Et nous n'avons plus le temps de la faire affranchir officiellement, maintenant.

De nouveau, on frappa à la porte. Cette fois, les coups étaient assez forts pour faire trembler la maison.

– Ils reviennent ! s'écria Delilah. Quelqu'un a dû leur dire que Nubia est ici !

– Sauve-toi, Nubia ! lança Flavia en faisant brusquement lever son amie encore tout étourdie. File par la porte de derrière !

La couverture qui recouvrait Nubia glissa à terre, et la jeune fille resta un instant debout, frissonnante. Elle avait le coude gauche bandé à cause de la saignée pratiquée par Mordecaï.

– Mais où ? chuchota-t-elle. Où aller ?

– Je ne sais pas ! répondit Flavia, affolée.

À cet instant, la porte se fendit en deux et s'ouvrit. Flavia poussa brutalement Nubia vers l'arrière de la maison.

– Cours, Nubia ! Sauve-toi !

Nubia s'échappa en courant.

Elle traversa en trombe le jardin intérieur de Jonathan, sortit par la porte de service et s'aventura dans la nécropole, la cité des morts. De lourds nuages noirs s'amoncelaient au-dessus d'elle.

Elle courait en zigzaguant sous les pins parasols, sans oser se retourner pour voir si elle était suivie. Ses pieds avançaient tout seuls à un rythme effréné, et le sang battait à ses oreilles.

Sans cesser de courir, elle sentit l'air humide se charger de pluie.

Il lui fallait un abri. Elle pouvait se rendre au caveau de la famille Geminus, mais si on fouillait la nécropole, c'était le premier endroit où l'on viendrait la chercher. Il valait mieux trouver une autre tombe. Une tombe dont Flavia et ses amis avaient connaissance, mais personne d'autre.

Une goutte de pluie vint s'écraser sur sa joue. Puis une autre, et encore une autre. À sa gauche, elle vit un éclair, suivi d'un coup de tonnerre.

Nubia vira à droite, en évitant les troncs des pins.

Au-dessus de sa tête, les cieux s'ouvraient, l'orage se déchaînait.

Elle courait toujours.

– Dieux du ciel ! s'écria Mordecaï. Qu'est-il donc arrivé à la porte d'entrée ?

Il pénétra dans le tablinum et se débarrassa de son manteau dégoulinant.

Flavia, qui se cachait le visage dans les mains, releva la tête.

– Oh, docteur Mordecaï ! dit-elle en pleurant. C'est Nubia !

Un éclair illumina le visage soucieux de son interlocuteur, suivi de près par un gigantesque coup de tonnerre.

– Eh bien quoi ? Qu'est-il arrivé à Nubia ?

– Des soldats sont venus l'arrêter, en prétendant qu'elle est toujours une esclave, répondit Aristo.

– Mon Dieu ! s'exclama Mordecaï en pâlissant. Mais alors ça veut dire…

– Nous savons ce que ça veut dire, le coupa Jonathan. Dès que la pluie aura cessé, nous partirons à sa recherche.

– J'aurais dû fuir avec elle, ou au moins envoyer Nipur pour l'accompagner, sanglota Flavia. Mais je n'ai fait que la pousser dehors ! Elle n'a même pas sa cape en peau de lion pour se protéger !

Lupus lui tapota maladroitement le bras.

– Ne pleure pas, Flavia, dit Jonathan. Nous avons tous paniqué, les soldats nous ont pris par surprise…

– Mais qu'est-ce qui nous arrive ? Pourquoi a-t-on tué ce malheureux homme au papillon ? Et qui a signalé aux soldats que Nubia n'était pas en règle ? demanda Flavia.

– J'ai l'impression que le ou les meurtriers essaient de te faire peur. C'est pour ça qu'ils s'en sont pris à Nubia... avança Aristo d'un ton songeur.

– Qu'as-tu découvert, Père ? demanda Jonathan. Tu as pu voir le corps ?

– Oui, j'ai vu le corps.

Un autre éclair illumina la pièce.

– Tu penses que ça peut être un suicide ?

– J'en doute, répondit Mordecaï en s'asseyant sur la banquette. Papillio a été tué d'un coup de glaive, ces épées courtes que portent les légionnaires. Nous avons trouvé l'arme du crime chez lui, par terre, là où débutait la traînée de sang. Sur le mur, il y avait une étagère spéciale pour l'exposer. Apparemment, c'était une sorte de trophée que Papillio conservait précieusement.

De ses yeux en amande, Mordecaï regarda l'un après l'autre les visages soucieux tournés vers lui.

– Peu de temps avant que Nubia le découvre mourant, Papillio a reçu une visite. Il a eu une discussion, sans doute même une dispute avec son interlocuteur, qui a saisi le glaive sur l'étagère, lui a porté un coup mortel et s'est enfui. Mais c'était un coup un peu maladroit, ou peut-être trop rapide. Papillio n'est pas mort sur-le-champ... Je pense qu'il a dû mettre une demi-heure à mourir.

– Oh, le malheureux ! s'écria Flavia.

Un grondement de tonnerre se fit entendre au nord-ouest. Dans le jardin, les buissons étaient battus par la pluie.

Mordecaï prit le gobelet d'infusion de menthe fumante que lui tendait Delilah et y trempa ses lèvres en réfléchissant.

— Je crains qu'il n'y ait derrière tout ça quelque chose de beaucoup plus sinistre qu'un simple cas de manumission d'une jeune esclave juive.

Un nouveau coup de tonnerre sembla ponctuer ses paroles.

Flavia sortit un mouchoir et essuya ses larmes.

— Vous avez raison, docteur Mordecaï, nous devons en apprendre davantage sur Hephzibah. C'est elle, la clé du mystère.

Lupus hocha la tête en désignant Flavia du doigt pour montrer qu'il avait fait le même raisonnement.

Mais Mordecaï les arrêta net.

— Non, ce n'est pas du tout ce que je veux dire. Je veux dire que vous devez cesser de vous occuper de cette affaire.

— Je suis du même avis que le docteur Mordecaï, approuva Aristo d'une voix douce. Je sais que tu aimes découvrir la vérité, Flavia, mais cette histoire est trop dangereuse. Un homme est mort. Il faut que tu abandonnes.

— Je ne peux pas abandonner. Nous sommes tous concernés, même Miriam. Celui qui a fait ça doit être arrêté, ajouta Flavia en regardant Aristo droit dans les yeux. Nous le devons à Miriam, à son amie Hephzibah, et à l'homme qui a été assassiné. Et aussi à la pauvre Nubia… Nous devons résoudre ce mystère, ou essayer au moins ! s'exclama-t-elle avec fougue.

– Très bien, répondit Mordecaï après un long silence, mais avec notre aide, et sous notre surveillance. Vous êtes d'accord, Aristo ?

Aristo hocha la tête.

– À condition que nous les surveillions de très près.

– Merci, Aristo, merci, docteur Mordecaï, dit Flavia en s'essuyant les joues une dernière fois. Et maintenant, par quoi allons-nous commencer ?

– Pourquoi pas par la véritable clé du mystère ? demanda Jonathan.

– Hephzibah ? demanda Flavia.

Jonathan acquiesça.

– Oui, Hephzibah.

Comme il pleuvait toujours, ils louèrent une carruca couverte pour se rendre à Laurentum.

Ils avaient décidé qu'Aristo resterait chez Jonathan pour aider Caudex à réparer la porte, pendant que Mordecaï les accompagnerait chez Oncle Gaïus. Quand ils s'engagèrent sur la route qui suivait la côte, après la porte de Laurentum, Flavia se mit à scruter les alentours et à appeler Nubia à pleine voix. Lorsqu'ils arrivèrent à leur destination, elle était complètement enrouée. Dans les bois détrempés qui bordaient la route, personne ne lui avait répondu.

En entendant les roues de la carruca grincer sur les gravillons de l'entrée, Miriam sortit pour accueillir ses amis. Elle descendit avec précaution les marches rendues glissantes par la pluie, sa palla rabattue sur la tête, et Mastix, l'énorme molosse de Gaïus, sur les talons.

– Hephzibah n'est pas ici, expliqua-t-elle quand son père lui eut exposé l'objet de leur visite. Elle est chez Pline, qui lui a offert sa protection jusqu'à ce que l'affaire soit réglée. Il m'a raccompagnée jusqu'ici et il est reparti tout de suite.

– Merci, ma grande, dit Mordecaï. Nous allons immédiatement chez Pline.

Il tira sur les rênes d'un coup sec pour faire demi-tour.

– Revenez déjeuner quand vous l'aurez vue ! cria Miriam. Gaïus est à Rome, et il va rentrer tard.

Quand ils arrivèrent devant la superbe villa de Laurentum, la pluie avait cessé. Pline vint les accueillir en personne.

– Hephzibah est au domaine de Dives, annonça-t-il. Elle est partie chercher ses affaires avant l'orage. Phrixus retournait à Ostia en carruca pour faire quelques courses, alors je lui ai demandé de l'accompagner. Elle a dit qu'elle rentrerait à pied, mais elle devrait déjà être là… Je me demandais s'il fallait envoyer un esclave avec une mule à sa rencontre.

– Nous y allons ! proposa Mordecaï, et nous la ramènerons. Où est le domaine ?

– Sur le chemin que vous avez pris pour venir ici, expliqua Pline en indiquant le nord. Il faut tourner juste après la maison de Gaïus, ce n'est pas loin. Je vais dire aux esclaves de faire chauffer du vin pour votre retour.

Mais ils n'eurent ni vin chaud chez Pline ni déjeuner chez Gaïus ce jour-là. Quand ils arrivèrent au domaine de Lucius Nonius Celer, en bord de mer, ils trouvèrent l'opulente villa sens dessus dessous.

– Qu'est-ce qui se passe ? demanda Mordecaï à un esclave qui s'enfuyait.

– Un meurtre ! cria celui-ci. Elle a assassiné l'un des affranchis ! Je cours prévenir ceux qui travaillent aux champs !

Flavia écarta la bâche qui recouvrait la carruca.

– Qui ? demanda-t-elle.

– Mercator. On l'a trouvé dans sa cellule à elle, le crâne enfoncé. Elle était encore penchée sur lui.

– Mais qui, « elle » ? Qui a fait ça ?

– Cette Juive qui prétend qu'elle est libre. Hephzibah.

ROULEAU V

Qui êtes-vous ? s'exclama Nonius en voyant Mordecaï s'avancer à coups d'épaule parmi la foule agitée qui encombrait l'atrium[1].

Nonius était en train de surveiller deux esclaves qui attachaient Hephzibah à une colonne. L'un des deux avait sûrement arraché le filet qui retenait les cheveux de la jeune fille, car leur masse cuivrée lui tombait maintenant sur les épaules.

– Je suis Mordecaï ben Ezra, dit le médecin en s'inclinant d'une façon dont on n'avait pas coutume à Rome. Êtes-vous Lucius Nonius Celer ?

– C'est moi. Que faites-vous ici ?

Nonius avait une ecchymose à l'œil gauche, et sa poitrine se soulevait au rythme d'une respiration précipitée. Flavia vit que dans la main gauche, il brandissait un fouet de roseau couvert de sang séché.

– Nous sommes des amis de cette jeune femme. Nous venons vous demander de la relâcher, s'il vous plaît.

1. Dans les grandes maisons romaines, pièce où l'on recevait les hôtes. Elle n'avait en général pas de toit et possédait un bassin pour recueillir les eaux de pluie.

– Vous êtes fou ?

La main de Nonius se crispa sur la poignée du fouet.

– Elle vient de tuer un homme, et quand j'ai voulu l'attraper, elle s'est débattue comme une vraie harpie. Regardez ce qu'elle m'a fait ! s'exclama-t-il en indiquant son œil.

– Non ! cria Hephzibah d'une voix entrecoupée de sanglots. Ce n'est pas moi qui ai fait ça. Et je n'ai pas non plus tué cet homme ! ajouta-t-elle en se tordant le cou pour essayer de voir ses amis.

– Je vous en prie, libérez-la, demanda encore Mordecaï d'une voix douce mais ferme.

– Pas avant de l'avoir fouettée assez longtemps pour lui extorquer la vérité ! répondit Nonius.

Il brandit une petite bourse de cuir qu'il avait gardée cachée dans sa main droite.

– Et cet or, où l'as-tu pris ? Tu l'as volé à Mercator, n'est-ce pas ?

– Non ! s'écria Hephzibah. Il est à moi, je vous l'ai dit ! Une amie me l'a donné pour que je puisse vous racheter ma liberté, et…

– Sornettes ! Si tu voulais racheter ta liberté, pourquoi n'es-tu pas venue me voir directement ?

Il fit un signe de tête au plus grand des esclaves, qui déchira d'un coup la tunique de la jeune fille, exposant son dos nu.

– L'or est à moi ! cria encore Hephzibah. Jonathan ! C'est ta sœur qui me l'a donné !

– Menteuse ! siffla Nonius en levant son fouet.

– Je dois vous demander de ne pas faire ça, monsieur, intervint Mordecaï en s'interposant entre Nonius et Hephzibah. Cette jeune fille est en ce moment même sous la protection de Gaïus Plinius Secundus, votre voisin, qui est aussi un ami de l'empereur Titus[1].

En entendant mentionner le nom de Titus, Nonius se calma brusquement. Sa respiration se fit moins sifflante et son regard perdit son expression enfiévrée. Il finit par jeter à terre son fouet ensanglanté.

– Puis-je voir cet or ? demanda encore Mordecaï.

Nonius hésita un instant avant de lancer rageusement la bourse dans la main tendue du médecin.

Celui-ci l'ouvrit et examina son contenu.

– Je reconnais ces pièces. Elles font partie de la dot de ma fille. Cette jeune personne n'a rien volé à l'homme qui a été tué. C'est bien ma fille qui lui a donné cet or.

– Il va falloir le prouver, jeta Nonius. Et cette meurtrière ne retournera pas à la villa de Pline. J'ai

1. Titus Flavius Vespasianus, fils de Vespasien, âgé de quarante ans et empereur de Rome depuis un peu plus d'un an à l'époque où se déroule cette histoire.

appelé les vigiles[1] d'Ostia. Elle restera en prison jusqu'à ce que je la traîne en justice pour connaître la vérité.

– Vous pouvez nous la remettre, si vous le souhaitez, répliqua tranquillement Mordecaï. Avec nous, elle sera sous bonne garde.

– Je ne le souhaite pas.

Le regard de Nonius se fit méprisant.

– Vous êtes juif, comme elle, n'est-ce pas ?

– En effet, je suis juif, et citoyen romain. Je suis aussi médecin, et j'aimerais examiner l'homme qui a été tué.

L'œil valide de Nonius se plissa.

– Qu'est-ce que vous pourriez faire pour Mercator ? Il est mort.

– Je voudrais quand même voir le corps, insista Mordecaï en fixant son interlocuteur avec assurance.

Pendant un long moment, les deux hommes se jaugèrent en silence, puis Nonius finit par hausser les épaules.

– À votre aise. Il est toujours dans la cellule de la fille.

Il se tourna vers un esclave qui attendait près de lui.

– Elpias, montre-leur le corps.

---

1. Gardes qui faisaient office de policiers et de pompiers dans la Rome antique ; ils surveillaient la ville et la protégeaient contre les vols et les incendies. Leur nom signifie « gardiens ».

– Merci, dit Mordecaï.

Il s'apprêtait à suivre Elpias, quand il se retourna un instant vers Nonius.

– S'il vous plaît, Nonius Celer, voulez-vous délivrer cette jeune personne et la couvrir jusqu'à l'arrivée des vigiles ?

La cellule d'Hephzibah, à l'arrière de la villa, était si exiguë que le docteur Mordecaï fut obligé de se baisser pour pouvoir y entrer. De l'extérieur, Flavia jeta un coup d'œil sur le corps, et ce qu'elle aperçut la décida à rester dehors avec Jonathan. Lupus entra à la suite du médecin.

Mordecaï poussa un juron à mi-voix en se cognant la tête contre le plafond voûté.

– Dieu du ciel ! On ne tient même pas debout là-dedans !

Il s'accroupit à côté du cadavre.

– Tué d'un coup unique sur la tempe droite, murmura-t-il. La mort a dû être instantanée. Mais où est passée l'arme du crime ?

Flavia, qui épiait la scène depuis la porte, vit Lupus montrer une jarre de céramique qu'il avait ramassée.

– Ah, dit Mordecaï en saisissant la cruche. C'est en effet assez lourd pour tuer quelqu'un, mais on ne voit aucune trace de sang, aucun cheveu collé. Et il reste de l'eau au fond. Où as-tu trouvé ça ?

Lupus pointa le doigt vers le fond de la cellule et Flavia se cogna contre le crâne de Jonathan, qui s'était penché en même temps qu'elle pour mieux voir.

– Aïe ! cria-t-elle en se frottant la tête.

Soudain, elle eut une idée et regarda Mordecaï.

– Mais si cette cruche avait été utilisée comme une arme, l'eau qu'elle contenait ne se serait-elle pas répandue sur le sol ? Ou sur les vêtements du mort ?

Flavia jeta un timide coup d'œil au corps qui gisait sur le dos, les yeux ouverts, le visage tourné vers le plafond bas, figé dans une expression de surprise, mais en apercevant la blessure au-dessus de l'œil droit, elle recula vivement et détourna le regard.

– C'est exact, admit Mordecaï. Si cette cruche est bien l'arme du crime, il devrait y avoir de l'eau sur le sol. Mais il n'y a qu'un peu de sang, et très peu, pour une blessure à la tête comme celle-ci. La terre battue du sol est complètement sèche. Et puis je ne vois pas comment quelqu'un pourrait trouver la place de porter un coup fatal dans un espace aussi confiné, ajouta-t-il avec un coup d'œil circulaire. Un homme et un enfant y tiennent tout juste.

– Il n'a peut-être pas été tué ici, avança Jonathan.

Lupus grogna pour signifier qu'il était du même avis.

– Et peut-être aussi que ce n'est pas Hephzibah la coupable ! ajouta Flavia.

Mordecaï la regarda avec gravité, avant de se tourner vers Lupus.

– Lupus, pendant que nous interrogeons Hephzibah, j'aimerais que tu fasses pour moi ce que tu sais si bien faire.

Le petit garçon haussa les sourcils d'un air interrogateur.

– Tu vas regarder partout, dans la villa, pour voir si tu trouves une flaque. Ou même la trace d'une flaque qui aurait été essuyée. Mais fais très attention : personne ne doit te voir.

Lupus hocha la tête, les yeux brillants.

Flavia fronça les sourcils.

– Une flaque ? Quel genre de flaque ?

Mais très vite, son visage s'illumina et elle répondit elle-même à sa question.

– Ah, une flaque de sang ! chuchota-t-elle avec des yeux ronds comme des soucoupes.

Quand ils revinrent, l'atrium était presque vide. Nonius et sa maisonnée étaient partis, et il ne restait que deux esclaves qui gardaient la porte d'un air maussade. La femme que Jonathan avait aperçue aux funérailles de Dives se cachait à demi dans l'ombre, derrière une colonne. Dès qu'elle le vit arriver, elle se dirigea vers lui d'un pas pressé. Jonathan se souvenait de son nom : Restituta.

– Je vous ai vus arriver, toi et tes amis, dit-elle en lui empoignant fermement le bras. Depuis les funérailles de Dives, une rumeur circule parmi les esclaves. Je pense que quelqu'un doit te mettre au courant.

Elle approcha ses lèvres de l'oreille du garçon pour murmurer d'une voix presque inaudible :

– On raconte que Dives a été assassiné, étouffé dans son sommeil…

Là-dessus, elle le lâcha et s'enfuit.

Jonathan la suivit des yeux en fronçant les sourcils, avant de se tourner vers Hephzibah. Elle était prostrée sur un tabouret, dans l'ombre du péristyle[1], les cheveux emmêlés et le regard vide. Quelqu'un lui avait drapé une palla grise sur les épaules pour cacher sa tunique déchirée. Quelqu'un d'autre, ou peut-être la même personne, lui avait attaché les chevilles à une colonne au moyen d'une corde.

– Visiblement, les vigiles ne sont pas encore arrivés, murmura Mordecaï. Ça nous donne un peu de temps.

Il prit une chaise dans le tablinum, la porta près de la jeune fille pour s'installer face à elle et lui parla en araméen.

Hephzibah lui répondit dans la même langue, et Jonathan fit l'interprète pour Flavia.

1. Passage bordé de colonnes autour d'un jardin intérieur ou d'une cour.

– Elle a dit à Pline qu'elle allait chercher ses affaires, traduisit-il. Quand elle est arrivée dans sa cellule, elle a vu Mercator qui gisait sur le sol.

– Elle le connaissait ? s'enquit Flavia. Demande-lui si elle connaissait Mercator.

Hephzibah lui jeta un coup d'œil.

– Je vais parler latin. Je connaissais Mercator de vue seulement, dit-elle à Mordecaï. C'était l'un des affranchis de mon maître.

– Il était donc déjà mort quand tu es arrivée ? vérifia le père de Jonathan – en latin, cette fois.

– Oui. J'ai dû crier, parce que des esclaves sont venus. Ensuite, Nonius est arrivé et m'a accusée de l'avoir tué. Mais ce n'est pas vrai ! Ce n'est pas vrai !

– As-tu frappé Nonius ? poursuivit Mordecaï d'une voix douce.

– Mais non ! Je ne l'ai pas touché !

Hephzibah les regarda à tour de rôle de ses yeux bruns suppliants.

– Je te crois, affirma Mordecaï. Mais il faut que je te demande quelque chose : pourquoi n'es-tu pas allée voir Nonius directement, pour lui donner l'or qui te permettait de racheter ta liberté ?

– Je suis d'abord allée voir Priscilla.

– Qui est-ce ? demanda Flavia.

Hephzibah baissa les yeux.

– Une simple esclave. Une amie. Elle est enceinte, comme Miriam.

– Ainsi, reprit Mordecaï, tu ne t'es pas rendue directement à ta cellule. Tu es d'abord passée voir ton amie.

– Oui.

– Et pourquoi ne pas l'avoir dit tout de suite ? la questionna Flavia.

– J'avais oublié, murmura Hephzibah sans lever les yeux.

– Hephzibah, reprit Mordecaï, as-tu remarqué quelqu'un qui aurait pu rôder près de ta cellule ?

– Non. Tout ça s'est passé il y a moins d'une heure, vers midi, et les esclaves étaient tous au travail.

– Même Priscilla ? demanda Flavia.

– Oui. Elle aide aux cuisines. C'est là que je l'ai trouvée. Nous avons parlé un petit moment, puis je suis partie vers les cellules des esclaves. Je voulais prendre mes affaires avant d'aller voir Nonius.

– Quelles affaires ?

Hephzibah répondit, tête basse :

– Deux tuniques et une palla. Et une poupée que ma mère m'a donnée. Mais là, j'ai vu le corps.

En évoquant le meurtre, elle frissonna.

– Hephzibah, intervint encore Mordecaï, es-tu la fille de David ben Tobias, le prêtre ?

– Oui ! Vous l'avez connu ? s'écria la jeune fille en se redressant.

Flavia vit que ses yeux bruns brillaient de larmes.

– Très bien. C'était un homme bon, et un excellent ami. Je crois que tu es venue nous rendre visite plusieurs fois, dans notre maison de Jérusalem, près des remparts.

Hephzibah hocha la tête.

– Oui. J'étais toute petite, mais je me souviens encore du citronnier de votre cour et des tuiles jaunes et bleues de la maison. Je jouais avec Miriam dans le jardin… Ce sont les meilleurs souvenirs de ma vie, conclut-elle sans pouvoir empêcher plus longtemps les larmes de couler sur ses joues.

Nubia se réveilla en sursaut.

Elle était recroquevillée dans un espace minuscule et sombre, qui sentait les pommes de pin brûlées et la terre humide.

Une tombe. Elle était dans une tombe, avec les cendres des morts.

Pendant un instant, elle se demanda comment elle avait fait pour se trouver là. Puis le souvenir lui revint. Elle avait couru à travers le cimetière, essoufflée, frissonnante de froid et de terreur, tout étourdie à cause de la saignée qu'elle venait de subir. Elle avait dû tomber d'épuisement et s'endormir.

La pluie avait cessé. La lumière nacrée de l'hiver indiquait qu'on était au milieu de l'après-midi.

Timidement, Nubia sortit la tête par l'ouverture voûtée de la tombe.

Les branches des pins qui surplombaient sa cachette dégouttaient de pluie, et une âcre odeur de feuilles brûlées se répandait dans l'air.

Elle escalada la tombe en s'aidant des mains et des genoux, mais elle s'arrêta net près du bord : un cadavre de musaraigne gisait à l'entrée. L'animal qui l'avait tuée avait dévoré la tête.

Soigneusement, Nubia creusa un trou, prit une feuille morte pour y pousser le petit corps et recouvrit la tombe d'un peu de terre tassée, avant de baisser la tête pour réciter une prière funèbre.

Quand elle se releva, elle sentit un élancement au creux du coude, à l'endroit où le docteur Mordecaï l'avait saignée. Il y avait du sang sur le bandage de lin qui entourait son bras, et aussi sur sa tunique crème. Mais celui-là n'était pas le sien, c'était celui du pauvre Papillio.

Soudain, une main lui agrippa le poignet.

Nubia se mit à hurler.

Nubia hurlait en se débattant de toutes ses forces, mais l'homme qui la tenait par-derrière dans un véritable étau maintenait ses poignets d'une main, tout en la bâillonnant de l'autre pour couvrir ses cris.

– Nubia ! souffla une voix familière à son oreille. C'est moi, Aristo !

Les genoux de la jeune fille mollirent et elle faillit s'écrouler, tant elle était soulagée, mais Aristo la retint et la tourna contre sa poitrine pour la serrer dans ses bras. Le nez enfoui dans le lin ocre de sa tunique, Nubia humait l'odeur d'Aristo et sentait son cœur battre contre sa joue.

Des deux bras, elle entoura la poitrine musclée du jeune homme. Elle contint ses larmes à grand-peine.

Aristo l'avait retrouvée ! Il l'aimait. Il l'aimait autant qu'elle l'aimait elle-même.

Elle se colla contre lui, en espérant qu'il ne la lâcherait plus jamais. Mais il ne tarda pas à le faire et la maintint à bout de bras pour la regarder, après avoir déposé un petit baiser sur ses cheveux.

– Regarde-moi ça ! s'exclama-t-il en riant. Dans quel état tu es ! Tu as de la boue sur la joue, de la terre sous les ongles et du sang sur ta tunique. Il va falloir t'emmener aux bains !

Elle hocha la tête, trop heureuse pour se risquer à parler.

– Je sais où je vais te cacher, dit-il, j'ai trouvé l'endroit idéal. Tu y seras en sécurité ; il y a un bassin d'eau chaude et un gros chien de garde.

La voix d'Aristo se fit rauque sous le coup de l'émotion.

– Elle pourra s'occuper de toi et toi d'elle.

Nubia se sentit blêmir. Elle regarda les yeux bruns si chaleureux, si brillants d'amour, et se raidit, glacée jusqu'à l'os.

– Qui ça, « elle » ? chuchota-t-elle tout bas, de peur que sa voix trahisse ses émotions.

– Miriam, bien sûr. Viens, j'ai attaché mon cheval tout près d'ici, nous pouvons être à la maison de Laurentum dans un quart d'heure.

– La voilà ! cria Lucius Nonius Celer aux vigiles. Voilà la meurtrière ! Emmenez-la à Ostia et jetez-la en prison !

Tout en parlant, il conduisait les deux gardes armés dans l'atrium et leur montrait du doigt

Hephzibah, qui était toujours attachée à une colonne.

– Vous la poursuivez en justice ? demanda l'un des gardes. Nous n'avons pas autorité pour l'emmener si personne n'intente une procédure.

– Naturellement, je la poursuis en justice ! rétorqua Nonius dont le teint basané rougissait de colère. Elle a tué l'un des affranchis de mon patron, Mercator. Et maintenant, j'ai des raisons de penser qu'elle a pu tuer Dives lui-même !

– Quoi ? s'écria Flavia.

– Non ! gémit Hephzibah. Mon maître était bon avec moi. Jamais je n'aurais voulu lui faire de mal.

– Par Hercule ! répondit Nonius, en écarquillant son œil intact. Je crois bien que tu as aussi tué ce pauvre magistrat, Papillio ! Tu es allée chez lui et tu l'as poignardé avant de venir nous retrouver au forum.

– Ça n'a aucun sens, remarqua Mordecaï. Pourquoi aurait-elle tué le seul témoin qui pouvait prouver qu'elle était libre ?

Sa voix restait calme, mais Flavia remarqua que son accent était plus prononcé que d'ordinaire. Il devait être bouleversé.

– Peut-être parce que, justement, c'était la seule personne à pouvoir prouver qu'elle ne l'était pas ! triompha Nonius. Je vais requérir les services du meilleur avocat sur la place, et je vous promets une chose : je découvrirai la vérité !

Aristo détacha Fortis, un hongre bai à dos large que Nubia reconnut pour l'avoir vu aux écuries de la porte de Laurentum. Le père de Flavia le prenait souvent quand il voulait rendre visite à son frère.

Il n'y avait rien qui pouvait servir de marche-pied pour l'enfourcher, et Aristo conduisit le cheval jusqu'à une petite pierre tombale de marbre, et s'en servit pour le monter en murmurant une prière pour se faire pardonner son manque de respect pour les morts. Puis il se pencha vers Nubia et la hissa d'une main pour l'installer derrière lui.

La selle n'était pas prévue pour deux et elle dut se presser contre son cavalier.

– Tiens-toi, ordonna-t-il par-dessus son épaule. Tiens-toi bien.

Nubia hocha la tête en signe d'assentiment et entoura la taille d'Aristo de ses bras. Elle était désespérément malheureuse. Ça faisait presque un an qu'elle était amoureuse de lui en secret. Aujourd'hui, pour un instant magique, elle avait cru que son amour était payé de retour. Mais maintenant, elle avait compris que l'amour qu'elle avait vu briller dans ses yeux, qu'elle avait senti dans les battements de son cœur, ne lui était pas adressé. Il était pour Miriam.

Aristo claqua la langue, et Nubia sentit qu'il éperonnait le cheval d'un coup de talons. Ils sortirent rapidement des bois et se mirent à trotter sur la route de Laurentum.

La mer apparut sur la droite, d'un bleu de cobalt rayé d'écume blanche. Un vent de nord-ouest poussait les nuages bas dans la direction de la houle et faisait alterner ombre et soleil.

Nubia respira avec délices l'air frais éclairci par la tempête, qui lui faisait tourner la tête comme un vin doux. Les oiseaux s'étaient mis à chanter sous les pins, et des gouttes d'eau tombaient comme de petits diamants sur la route sablonnée, aménagée pour les cavaliers.

Nubia aimait les chevaux, presque autant qu'elle aimait Aristo. Elle aurait pu être parfaitement heureuse de chevaucher avec lui par cette étincelante après-midi d'hiver.

Mais Aristo ne l'aimait pas. Il ne l'aimerait jamais. Nubia réalisa soudain qu'elle n'était après tout qu'une esclave, et une esclave en fuite, qui plus est, avec sur sa tunique le sang d'un homme assassiné.

Elle se tourna vers la mer, posa sa joue contre le dos d'Aristo et laissa couler ses larmes.

Brusquement, elle sentit son cavalier se raidir. Il arrêta le cheval d'un coup sec.

– Par Pollux ! s'écria-t-il. Quelqu'un vient ! Nous ne pouvons pas nous laisser surprendre !

Il donna un coup de talons sur les flancs du cheval pour l'obliger à quitter la route et à s'enfoncer dans les sous-bois. Une fois à l'abri des vieux pins, il fit tourner sa monture pour regarder discrètement qui passait sur la voie.

Nubia entendit le bruit des sabots et le cliquetis des armures, par-dessus le grincement des roues d'une carruca.

Celle-ci apparut au détour du chemin. Flanquée de deux cavaliers, elle se dirigeait vers Ostia.

– Par Apollon ! chuchota Aristo, ce sont les vigiles !

– Comment ont-ils fait pour nous trouver ? murmura Nubia.

Elle tremblait si fort que ses dents claquaient.

– Je ne crois pas que ce soit toi qu'ils recherchent. Je pense plutôt qu'ils servent d'escorte à ce char. Il y a trois personnes à l'intérieur. Est-ce que tu peux les voir ?

– Je ne vois pas l'intérieur, mais je vois que c'est le docteur Mordecaï qui conduit. Peut-être que les vigiles vont le torturer pour lui faire avouer où je me cache ?

– Non, ce n'est pas ça. Mordecaï a l'air d'aller très bien.

– Je les vois maintenant ! C'est Flavia et Jonathan !

– Et une fille qui a les cheveux défaits. Elle est menottée avec des liens de cuir. Ils l'ont arrêtée.

– C'est Hephzibah ! Nous l'avons vue ce matin au forum, tu te souviens ? C'est l'amie de Miriam, celle qui réclame sa liberté.

La haute façade recouverte de marbre de la basilica d'Ostia s'élevait, imposante, dans l'angle sud-ouest du forum, près du temple de Vénus[1]. Le tribunal occupait le vaste rez-de-chaussée, et une galerie conduisait aux bureaux situés au premier étage. À l'arrière, se trouvaient quatre cellules étroites où l'on incarcérait les prévenus dans l'attente de leur procès.

– Ça ne s'est pas trop mal passé, dit Mordecaï en descendant les marches de l'entrée pour retrouver Flavia et Jonathan qui l'attendaient dehors. J'ai réussi à les persuader de la laisser seule dans une cellule. J'espère que ça va durer.

– Tu veux dire qu'elle pourrait être enfermée avec des hommes ? Des criminels ? demanda Flavia, suffoquée.

Mordecaï hocha la tête d'un air sombre.

– S'ils arrêtent beaucoup de monde, ça pourrait arriver. Elle sera dans la cellule où j'ai eu le privilège de passer quelque temps l'année dernière.

– Est-ce qu'elle va devoir y rester longtemps ?

Mordecaï fit un signe d'assentiment.

– Jusqu'à ce que nous ayons réuni l'argent de son vadimonium[2].

---

1. Déesse romaine de l'amour. Son équivalent grec est Aphrodite.
2. Document par lequel une personne s'engage à paraître devant le tribunal qui l'a convoqué. Il définit également le montant de l'amende à payer en cas d'absence.

– Qui se monte à combien ? demandèrent Flavia et Jonathan d'une seule voix.

– Cinquante mille sesterces, répondit Mordecaï. Une somme ahurissante pour une simple esclave juive.

– Mais nous pouvons payer, dit très vite Jonathan. J'ai encore tout l'argent de la récompense que j'ai reçue en septembre.

– C'est très généreux à toi, mais il faudra que j'obtienne un billet à ordre, et les banques sont fermées jusqu'à demain. Hephzibah va devoir passer la nuit en cellule, et ce n'est pas une perspective très réjouissante.

– Oh, docteur Mordecaï ! s'écria Flavia. Ne pourrait-on pas faire quelque chose ?

– Tout ce que nous pouvons faire, c'est lui faire passer discrètement une couverture et quelque chose à manger, et peut-être une tablette et de quoi écrire. J'ai l'impression qu'elle ne nous a pas tout dit.

Le cœur serré, Nubia regarda Aristo et Miriam se retrouver.

Après le passage des vigiles, Aristo avait fait revenir sa monture sur la route, et il avait galopé sans s'arrêter jusqu'à la maison de Laurentum. Dès que le cheval, écumant, s'était arrêté devant le sentier gravillonné qui menait à la maison, Aristo avait sauté d'un bond par-dessus la grille, couru jusqu'à la porte d'entrée et tambouriné. Miriam, en larmes, avait ouvert, et Nubia avait senti que seul le gros ventre de la jeune femme avait empêché Aristo de la prendre dans ses bras.

– Miriam ! s'écria Aristo. Ils ont arrêté Hephzibah !

– Je sais !

Miriam s'avança, découvrant Lupus qui se tenait juste derrière elle dans l'entrée.

– Lupus est revenu du domaine de Dives à pied, dit Miriam en montrant la tablette de cire qu'elle tenait à la main. Il a écrit un compte-rendu de tout ce qu'il a vu. Il y a eu un nouveau meurtre, et Nonius a accusé Hephzibah ! Par chance, mon père est arrivé à temps, avec Flavia, Lupus et Jonathan. Lupus est resté sur place après le départ de tout le monde pour chercher des indices, n'est-ce pas, Lupus ?

Le gros chien de garde de Gaïus, Mastix, apparut à son tour dans l'entrée. En voyant Nubia descendre de cheval, il aboya brièvement en signe de bienvenue.

– Oh, Nubia ! s'écria Miriam. Qu'est-ce qui t'est arrivé ? Tu es couverte de sang et de terre ! Et tu frissonnes !

Miriam enleva sa palla mauve et en recouvrit les épaules de la jeune fille.

– Senex était en train de faire chauffer le bain pour Lupus, mais je crois que tu en as plus besoin que lui.

Lupus hocha la tête avec un sourire pour montrer son accord, en faisant mine de se boucher le nez.

Miriam se tourna vers Aristo.

– J'attendais le retour de Gaïus, mais maintenant que vous êtes là… Peux-tu aller chez Pline, lui raconter ce qui vient de se passer et lui dire de venir ici tout de suite ?

Lupus se désigna en hochant la tête d'un air empressé.

– Non, Lupus, répondit Miriam. Tu as besoin de repos, reste ici. Aristo, tu veux bien y aller ?

– Tout de suite, répondit le jeune homme en saisissant la bride de son cheval.

– Non, objecta Miriam en posant une main sur son bras, ne prends pas cette malheureuse créature. Tu ne vois pas qu'il est épuisé ? Prends notre vieille mule, et laissons ton cheval récupérer jusqu'après le dîner. Lupus, veux-tu étriller cette brave bête et lui donner une couverture ? Bien ; et pour toi, Nubia, je crois que le bain chaud est prêt.

Une heure plus tard, baignée et vêtue d'une tunique lavande appartenant à Miriam, Nubia rejoignait les autres pour le dîner. Le soir tombait. Aristo était revenu avec Pline, et Gaïus, de retour de Rome, était installé à son bureau dans le tablinum, entouré de ses invités. La longue table de bois avait été débarrassée des rouleaux[1] et des tablettes qui l'encombraient, et Senex apportait un grand plat de céramique rempli de ragoût de poulet aux abricots.

Nubia, assise entre Aristo et Pline, remarqua que Miriam s'était installée avec diplomatie entre Lupus et Gaïus. Mastix était couché aux pieds de son maître, et Nubia posa ses pieds nus sur son dos pour les réchauffer.

– Merci, Senex, dit Miriam.

Senex la gratifia d'un grand sourire édenté.

Miriam jeta un coup d'œil interrogateur à Gaïus.

– Je peux ?

Celui-ci approuva d'un geste et Miriam se couvrit la tête de sa palla avant d'annoncer la prière.

– Rendons grâce à Dieu.

Elle récita une prière en hébreu, et termina en latin.

– Aidez Hephzibah, mon Dieu, venez à son secours, amen.

Pendant le dîner, Nubia observa le mari de Miriam, Gaïus. C'était le frère jumeau de Marcus, le père de Flavia, et ils se ressemblaient beaucoup.

---

1. Le livre, sous la forme que nous connaissons aujourd'hui, n'existe pas encore. Les Romains écrivent sur du papyrus ou du parchemin. Ces «feuilles» sont ensuite roulées sur elles-mêmes de gauche à droite (et non pas de haut en bas), formant un rouleau que l'on déroule progressivement à mesure de sa lecture.

La seule chose qui les différenciait, c'était le nez brisé de Gaïus et une légère cicatrice au-dessus d'un sourcil. Gaïus était bel homme, mais il avait presque vingt ans de plus que son épouse de quinze ans. Nubia trouvait leur union étrange. Elle se demandait comment une fille de son âge pouvait aimer quelqu'un d'aussi vieux, mais leur amour ne faisait pourtant aucun doute pour tous ceux qui les voyaient ensemble : ils avaient une façon de se regarder qui ne trompait pas.

– Aujourd'hui, dit Gaïus en rompant un morceau de pain azyme pour le tremper dans le ragoût, il est arrivé plusieurs choses terribles ; deux hommes ont été assassinés, on a accusé Hephzibah des meurtres, et le statut de Nubia a été remis en question. Commençons par toi, Nubia. Rappelle-moi : quand mon frère t'a-t-il achetée ?

– Flavia m'a achetée l'an dernier, le jour de son dixième anniversaire.

Gaïus fronça les sourcils.

– Flavia n'a pas pu t'acheter, c'est encore une enfant en tutelle.

– Qu'est-ce que c'est, une tutelle ?

– À Rome, les pères ont des droits sur leurs enfants, expliqua Pline en se penchant vers Nubia. C'est une particularité que nous avons, nous autres Romains. En fait, un père est propriétaire de ses enfants et de toutes leurs possessions, y compris de ce qu'ils achètent. Il peut aller jusqu'à les vendre ou les tuer, même si de nos jours, ce n'est plus vraiment considéré comme acceptable.

Lupus émit l'un des grognements par lesquels il attirait l'attention quand il avait quelque chose à exprimer. Il montra du doigt Gaïus et le vieux Senex qui arrivait de la cuisine, une panière de pain frais dans les mains.

– Oui, Lupus, reprit Pline, la relation entre le père et ses enfants est très proche de celle du maître et de ses esclaves. Par exemple, Gaïus, j'imagine que vous donnez quelquefois un peu d'argent ou des petits cadeaux à ce vieil homme ?

– Oui, dit Gaïus.

Senex hocha la tête et se dirigea vers la table avec un grand sourire.

Pline se pencha vers Lupus et Nubia.

– Les cadeaux donnés aux esclaves portent le nom de peculium, mais ils appartiennent à leur propriétaire.

Senex s'arrêta net.

– Imaginons que ce vieil esclave meure cette nuit.

La bouche ouverte, les yeux écarquillés, Senex contemplait Pline.

– Et imaginons qu'il ait économisé quelques sesterces sur les sommes que son maître lui a données au fil des années.

87

Senex jeta un coup d'œil confus autour de lui.

– À sa mort, cet argent reviendrait à Gaïus, conclut Pline. Légalement, il lui appartient.

Une expression d'horreur passa sur le visage du vieil esclave.

– Telle est la loi, dit Pline.

Il fit une pause pour donner plus de poids à ses propos, avant d'ajouter :

– Mais personnellement, je ne la trouve pas juste.

Le vieux Senex eut un sourire de soulagement.

– J'autorise mes esclaves à léguer leurs biens comme ils le veulent, continua Pline. Un vieil homme comme lui, dit-il en montrant Senex, devrait pouvoir laisser ses quelques sesterces à un ami ou à un enfant, ou à un autre esclave. Ce n'est pas strictement légal, mais je ne l'en empêcherai jamais, en ce qui me concerne.

Senex approuva de la tête et reprit sa lente progression vers la table, où il déposa le panier de pain.

– Et comme Lupus l'a fait remarquer, les enfants ont le même statut que les esclaves, ajouta Aristo.

– Précisément, dit Pline. Les garçons restent sous l'autorité paternelle jusqu'à la mort de leur père, et les filles jusqu'à leur mariage.

– Ce qui veut dire, reprit Aristo, que Flavia, avec tous ses biens, appartient à son père jusqu'à son mariage.

– Ou jusqu'à la mort de son père, rétorqua Pline.

À cette remarque, tous firent immédiatement le signe pour éloigner le mauvais sort.

– Par conséquent, conclut Pline en regardant Nubia, tu es officiellement la propriété de Marcus Flavius Geminus.

– Marcus peut-il affranchir Nubia ? demanda Miriam.

– Bien sûr, répondit Pline, mais il aura besoin de la présence d'un magistrat. Cependant, comme Nubia a moins de trente ans, elle ne pourrait pas devenir une vraie citoyenne romaine comme les autres affranchis.

– Mais pourquoi ?

Nubia remarqua que Miriam avait à peine touché à son ragoût.

– J'en ai parlé avec les juristes[1], experts en droit romain. Hephzibah serait dans la même situation ; selon la lex[2] Aelia Sentia, instituée au temps d'Auguste, les esclaves affranchis de moins de trente ans deviennent des Latins juniens.

– Qu'est-ce que c'est ? demanda Nubia.

---

1. Dans l'Antiquité romaine, les « avocats » (les orateurs qui plaidaient une affaire) et les « juges » (les magistrats qui rendaient leurs décisions au terme du procès) étaient de simples citoyens. Quand ils avaient besoin de connaissances juridiques, ils consultaient un juriste.
2. Mot latin signifiant « loi » et désignant en particulier les statuts de Rome et les textes de loi.

– Ce sont des sortes d'affranchis de seconde classe, qui n'ont pas les mêmes droits que les Romains et les affranchis ordinaires. Par exemple, mon ami juriste Labeo me disait qu'ils ont le droit d'être propriétaires, mais pas de disposer de leur patrimoine comme ils le veulent après leur mort. Leurs biens reviennent à leur ancien maître ou à ses héritiers. Mais ça vaut mieux que d'être esclave, remarqua Pline avec un sourire à l'adresse de Nubia. Marcus pourra t'affranchir demain. Il faudra simplement s'assurer qu'il le fait bien en présence d'un magistrat. Alors tu n'auras plus de souci à te faire, personne ne va te torturer pour obtenir ton témoignage.

– Il y a un problème, fit remarquer Aristo. Marcus Flavius Geminus est actuellement en Sicile, pour assister au mariage de son protecteur.

ROULEAU VII

Marcus est en Sicile ? répéta Gaïus. Je ne le
savais pas.

— Si, tu le savais, Gaïus, dit gentiment
Miriam. Ton frère te l'a dit la semaine dernière,
quand il est venu nous apporter cette belle amphore
de garum[1].

— Vraiment ? Alors je n'ai pas dû faire attention ;
je devais être préoccupé, remarqua Gaïus en se passant une main dans les cheveux, un geste que le père
de Flavia faisait souvent lui aussi.

— Quand rentrera-t-il ? demanda Pline.

— Il a dit de ne pas l'attendre avant les nones au
plus tôt, répondit Aristo.

Lupus poussa un grognement en faisant un signe
du pouce.

— C'est ça, demain, traduisit Aristo.

Pline haussa les sourcils.

---

1. Sauce relevée, préparée à base de viscères de poisson fermentées, qui
constituait un assaisonnement populaire.

– Alors, Nubia, il va falloir que tu continues à te cacher jusqu'à son retour.

– Ne t'inquiète pas, s'écria Miriam en lui prenant la main, nous serons heureux de t'offrir notre hospitalité jusqu'au retour de Marcus, n'est-ce pas, Gaïus ?

– Naturellement, dit Gaïus.

– Et nous devons aider la pauvre Hephzibah, continua Miriam, dont les yeux violets se remplissaient à nouveau de larmes. Il faut qu'elle soit libre de venir vivre ici, il le faut !

Miriam se tourna vers Gaïus et se cacha le visage dans les plis de sa tunique en pleurant.

Gaïus glissa un bras autour d'elle et déposa un baiser sur ses cheveux.

– Chut, ma chérie, calme-toi ; nous ne laisserons personne lui faire du mal, je te le promets.

Miriam repoussa sa chaise et se leva, les yeux pleins de larmes.

– Je suis désolée, excusez-moi.

Elle s'éclipsa vers la chambre, séparée du tablinum par un rideau derrière lequel elle disparut. De la table, tout le monde entendit ses sanglots étouffés.

Gaïus serra les dents.

– Miriam a raison. Il faut aider Hephzibah. Et pour commencer, il faut découvrir ce qui s'est réellement passé cet après-midi au domaine de Dives, je veux dire de Nonius.

– Je peux vous raconter ce qui s'est passé avant son départ, dit Pline en détournant à grand-peine les yeux du rideau qui cachait Miriam. Vous savez déjà qu'Hephzibah est chez moi depuis que sa liberté est remise en cause. Je devais être son tuteur et son protecteur jusqu'à ce que l'affaire soit réglée. Après le désastre de ce matin au forum – Dieux ! Est-ce que c'était seulement ce matin ? –, je l'ai ramenée droit à la villa, en m'arrêtant seulement pour déposer Miriam. Un peu plus tard, un messager est arrivé, porteur d'une lettre de Nonius qui ordonnait à Hephzibah de venir chercher ses affaires immédiatement, faute de quoi il allait s'en débarrasser. Comme Phrixus retournait en ville pour faire des courses, il l'a emmenée. Elle lui a dit qu'elle rentrerait à pied. La route n'est pas longue : une demi-heure tout au plus. Depuis, je ne l'ai pas revue.

– Vous auriez dû envoyer quelqu'un avec elle, un esclave, un affranchi, n'importe qui, remarqua Aristo.

– Je le lui ai proposé, s'écria Pline, mais elle a insisté pour y aller seule !

– Qu'est-ce qui s'est passé ensuite ? demanda Aristo.

Nubia le vit jeter un coup d'œil au rideau de la chambre. On n'entendait plus les sanglots de Miriam.

Gaïus se tourna vers Lupus.

– D'après ce jeune homme, ils sont arrivés à l'ancien domaine de Dives à environ une heure de l'après-midi.

Lupus approuva de la tête.

– Tout était en effervescence, continua Gaïus. On venait de découvrir Hephzibah penchée sur le corps d'un homme assassiné. Elle a juré qu'elle n'était pas coupable et Nonius était sur le point de la fouetter pour la faire parler lorsque Mordecaï est intervenu. Est-ce bien ça, Lupus ?

Lupus hocha la tête. Il fit semblant de se frapper la tempe droite du poing, ferma les yeux et s'effondra sur sa chaise.

– Comme Lupus vient de nous le raconter, dit Gaïus, la victime a été tuée d'un seul coup à la tête. Il s'appelait Mercator, et c'était l'un des hommes affranchis par Dives. Mordecaï a cherché l'arme du crime, mais tout ce qu'ils ont trouvé, c'est une jarre de céramique.

Lupus montra du doigt l'une des carafes posées sur la table, qui était encore pleine d'eau.

– Elle ressemblait à celle-ci ? demanda Aristo.

Lupus fit signe que oui, puis montra l'intérieur de la cruche et hocha la tête.

– Il restait de l'eau au fond, dit Gaïus, il ne peut donc pas s'agir de l'arme du crime. Lupus et les autres pensent que le meurtre a été commis ailleurs, et que le corps de Mercator a été transporté jusqu'à la cellule d'Hephzibah après coup, dans le but de faire retomber la culpabilité sur elle.

Lupus approuva de la tête.

– Mordecaï a demandé à Lupus de fureter partout sans se faire remarquer, continua Gaïus, pour chercher des indices montrant qu'on avait pu tuer quelqu'un ailleurs dans la propriété.

– Et as-tu trouvé quelque chose, Lupus ? demanda Pline, les yeux brillants d'espoir.

Lupus montra sa tablette de cire. Il y avait inscrit deux phrases en gros caractères :

Taches de sang dans la réserve près des quartiers des esclaves, et aussi beaucoup d'objets qui ont pu servir d'arme.

– Ainsi donc, Mercator n'a sans doute pas été tué dans la cellule d'Hephzibah, mais dans la réserve à côté. On dirait bien qu'il y a derrière tout ça un esprit très intelligent qui se cache.

– Aristo ! Lupus ! s'écria Flavia une heure plus tard. Où donc étiez-vous ? Nous avons eu besoin de vous ! Et nous ne trouvons pas Nubia ! Jonathan et moi avons pris les chiens pour fouiller le cimetière, mais nous ne l'avons pas trouvée, et maintenant, la nuit va tomber !

– La pluie a dû faire disparaître son odeur, ajouta Jonathan anxieusement, Nipur et moi avons essayé de retrouver les traces de ses pas, mais il fait trop sombre...

– Nous la quittons à l'instant, parvint enfin à dire Aristo, en enlevant son manteau et en l'accrochant à une patère dans le vestibule. Elle est en sécurité. Je l'ai trouvée dans la tombe d'Avita cet après-midi, et je l'ai emmenée chez Miriam et ton oncle Gaïus.

– Oh, que grâces soient rendues à Junon[1] ! dit Flavia en pleurant. Merci, Aristo, merci d'avoir retrouvé Nubia.

Celui-ci hocha la tête avec gravité.

– Je viens de dîner là-bas avec Lupus, et j'ai entendu parler du second meurtre.

Lupus, qui était en train de caresser les chiens, releva la tête pour le regarder.

– Oh, Aristo ! s'exclama Flavia. Aujourd'hui, j'ai vu deux cadavres ! C'était affreux !

– Je sais. La mort est une chose horrible.

Aristo regarda autour de lui.

– Où est Hephzibah ? Nubia et moi, nous vous avons vus passer sur la route, escortés par des vigiles. Miriam espérait qu'elle serait sous la protection de Mordecaï.

Flavia secoua la tête tristement.

---

1. Reine des dieux romains et femme de Jupiter. Junon est la déesse de la naissance. Son équivalent grec est Héra, la femme de Zeus.

– Elle a été enfermée dans une affreuse petite cellule derrière la basilica.

– Nous ne pourrons pas obtenir le vadimonium avant demain, expliqua Jonathan. Père est allé lui porter des couvertures.

Flavia frissonna en serrant sa palla autour de ses épaules.

– Il va faire froid cette nuit. Mais je suis si heureuse que Nubia soit sauvée !

Elle se pencha pour prendre la tête de Nipur entre ses mains.

– Nubia est sauvée ! Elle est en de bonnes mains.

– Oui, reprit Aristo, elle ne saurait être en de meilleures mains, ne te fais plus de souci. Allons dans le tablinum, je veux que vous me disiez exactement tout ce qui s'est passé cet après-midi.

Testament et derniers souhaits de Jonathan ben Mordecaï
Je ne pense pas que quelqu'un lira jamais ceci, ni même le trouvera, et si ça arrive, je ne l'aurai sans doute pas fait dans les règles et il ne sera pas valide. Mais je pense que ça n'a pas d'importance, parce que je serai mort de toute façon.

Liste de mes possessions et des personnes à qui elles devraient revenir :

Tout mon argent | *à mon père et ma mère*

Tout mon argent	*à mon père*
	et ma mère
Mon chien Tigris	*Nubia*
Mon matériel	
de chasse	
(arc, flèches, etc.)	*Lupus*
Mes vêtements	
et chaussures	*idem*
Ma petite collection	
de manuscrits	*Flavia Gemina*
Mon sachet d'herbes	
médicinales	*Polla Pulchra*

Tout le reste doit être jeté ou donné aux pauvres.

(J'ai rédigé cela parce que je rêve sans arrêt d'une procession funèbre, et je crois que c'est la mienne.)

Écrit, sans être scellé, et sans témoins, la veille des nones de décembre, sous le consulat de Titus César Vespasien Auguste et Domitien[1] César.

Miriam avait fait un lit de couvertures pour Nubia dans un coin du tablinum de Gaïus. La couche était douce et chaude, mais sans le corps tiède de Nipur à ses pieds, Nubia avait du mal à trouver le sommeil. Quelque part dans les bois, une chouette

1. Fils de Vespasien et jeune frère de l'empereur Titus.

hululait. Un peu plus tard, elle entendit le cri stridant de la proie qu'elle avait dû attraper, une souris peut-être, ou une musaraigne. Elle se souvint du petit corps qu'elle avait enterré dans l'après-midi. Il lui avait semblé totalement inerte. De quoi était faite l'étincelle qui rendait un corps vivant ? Était-ce le souffle divin, comme le croyaient Jonathan et sa famille ? Ou bien autre chose ?

La chouette hulula encore, plus loin de la maison, et Nubia sombrait enfin dans le sommeil quand Mastix se mit à aboyer violemment. La jeune fille s'assit brusquement, le cœur battant à tout rompre. Quelqu'un frappait à la porte. C'étaient des coups précipités : on venait la chercher en pleine nuit, quand elle n'avait plus une seule chance de s'échapper !

Dans la chambre de Gaïus et Miriam, on entendit un bruit sourd et un juron, et la voix de Gaïus qui essayait de faire taire son chien. Les coups à la porte recommencèrent, par séries de trois, suivies d'un silence.

Nubia entendit la voix anxieuse de Miriam et le cliquetis des griffes du chien sur les pavés de l'entrée. La bête respirait bruyamment, excitée. Un instant plus tard, Miriam chuchota tout près d'elle :

– Nubia ! Je ne pense pas que ce soit des vigiles, mais reste tranquille et ne fais aucun bruit. Tiens-toi prête à courir te cacher.

Nubia hocha la tête, même si elle savait que Miriam, dans la nuit noire, ne la voyait pas. Son cœur battait aussi vite que celui d'un lapin affolé.

Entre les pieds du bureau, elle vit passer une ombre qui portait une lampe à huile, et reconnut la silhouette alourdie de Miriam.

On poussa la lourde barre qui fermait la porte, il y eut quelques murmures, et enfin, Miriam appela son mari :

– Je dois sortir, Gaïus, tu veux bien me conduire ?

La réponse assourdie se fit entendre depuis la chambre.

– Par les sourcils de Jupiter, ma chérie !

Et la voix se rapprocha en même temps que Gaïus traversait le patio à son tour pour se diriger vers l'entrée.

– Tu ne vas pas me dire que c'est encore une de ces femmes misérables !

– C'est Lydia, au domaine de Barbillus.

– Pourquoi n'appelle-t-elle pas ton père ?

– Il est trop loin, le bébé est en route. Gaïus, s'il te plaît, elle a besoin de moi. Elle me connaît, c'est moi qui me suis occupée d'elle.

– Mais toi aussi, tu vas accoucher ! Tu ne devrais pas sortir au milieu de la nuit pour aller accoucher les autres.

– Gaïus, elle est terrifiée. Elle a besoin de moi.

– Très bien, dit Gaïus à voix basse. Je te conduis.

– Merci, mon amour.

– Viens, Mastix ! Holà, quelqu'un ! Où sont donc passés tous ces bons à rien d'esclaves ?

– Ne les réveille pas, ils dorment profondément.

– Tas de bouches inutiles ! grommela Gaïus.

Nubia entendit s'ouvrir la porte d'entrée, et sentit un courant d'air froid lui caresser la joue. Avec la fraîcheur de la nuit, l'odeur des vignes se répandit dans la pièce. Mastix haletait, tout joyeux : il partait avec son maître pour de nouvelles aventures dans la nuit ! La voix de Miriam lui parvint depuis la porte du tablinum.

– Nubia, nous partons, Gaïus et moi. Une femme est en train d'accoucher dans un domaine près d'ici. Veux-tu que je réveille Dromo ou Senex pour qu'ils montent la garde ?

– Non, chuchota Nubia, je n'ai pas peur.

Mais après le départ du couple, elle regretta de n'avoir pas demandé au moins la compagnie de Mastix. La maison était sombre et silencieuse, et la chouette recommençait son chant funèbre. Nubia se mit à trembler violemment, et fut incapable de s'endormir avant le retour de Miriam et Gaïus, au petit matin.

– Oh ! gémit Flavia le lendemain. Pourquoi Caudex n'ouvre-t-il pas la porte d'entrée ? Quelqu'un frappe depuis une éternité !

Elle se recouvrit la tête d'un coussin, mais ça ne suffit pas à couvrir le vacarme.

Elle finit par se retourner, sortir la tête de dessous son abri et ouvrir les yeux. Ni Scuto ni Nipur n'étaient en vue, et le lit de Nubia était vide. Elle n'y avait pas passé la nuit.

Brusquement, tout lui revint en mémoire.

Nubia se cachait chez son oncle, Hephzibah avait passé la nuit en prison, dans une cellule, et son père était en Sicile.

Mais peut-être était-il rentré ? C'était le jour des nones, et il avait prévu d'être de retour pour cette date. On frappa de plus belle à la porte.

– Pater !

Flavia se jeta hors de son lit, s'enroula dans sa couverture bleue comme dans une palla et descendit l'escalier précipitamment.

Mais ce n'était pas son père qui attendait derrière la porte. C'était Pline.

– J'ai de bonnes et de mauvaises nouvelles, Flavia Gemina, annonça-t-il en faisant un pas dans le vestibule. La bonne, c'est que l'affaire d'Hephzibah va être jugée ici, dans notre basilica. La mauvaise, c'est que la date est fixée à après-demain, sept jours avant les ides.

– Après-demain ? Mais pourquoi est-ce une mauvaise nouvelle ?

Flavia jeta un coup d'œil par-dessus son épaule pour appeler les serviteurs.

– Alma, Caudex ?

– C'est une mauvaise nouvelle parce que le temps va être terriblement compté, et aussi parce que je ne pourrai pas la défendre. Je dois aller passer quelques jours à Rome pour des affaires urgentes.

– Nos esclaves doivent être tous les deux partis faire des courses, dit Flavia vaguement, ou peut-être Alma est-elle partie promener les chiens. Et je ne sais pas où Aristo... Tu disais ? Tu ne peux pas défendre Hephzibah ?

– Non, malheureusement, je pars tout de suite pour Rome, je suis attendu d'urgence. Mais je voulais te prévenir aussitôt, et te donner ceci.

Depuis le pas de la porte, et sans s'engager dans l'atrium, il lui tendit une tablette de cire qui avait un air officiel.

– Qu'est-ce que c'est ?

– Les renseignements sur l'affaire : le lieu, la date, le genre, le nom du magistrat, etc. Il faudra la donner à la personne qui va la défendre.

– Mais à qui ? Qui peut la défendre ?

– Je ne sais pas. Ton père, peut-être ? Ou ton tuteur ?

Pline s'éloigna du seuil. Il était déjà sur la route.

– Mon père n'est pas rentré de Sicile, et Aristo n'est pas un citoyen romain. Il est grec. Est-ce qu'un étranger a le droit de plaider devant le tribunal ?

– Je suis désolé, Flavia, répondit Pline en indiquant la direction de la porte de Rome, ma carruca m'attend, il faut que j'y aille. Bonne chance !

Il s'éloigna avant même d'avoir fini sa phrase. Bouche bée, Flavia le suivit des yeux jusqu'à ce qu'il disparaisse de son champ de vision.

ROULEAU VIII

Flavia ! appela Jonathan. Qu'est-ce que tu fais
– sur la route, avec les cheveux emmêlés et une
couverture sur les épaules ?

Flavia se retourna, et le vit arriver en compagnie de son père, de Lupus et de Tigris. Hephzibah aux cheveux d'or cuivré les suivait, pâle et défaite.

– Tu viens seulement de te lever ? continua Jonathan. C'est déjà la deuxième heure !

Flavia se baissa pour caresser Tigris avant de répondre.

– Ah, c'est vrai ? Pline sort d'ici. Il m'a remis ce document.

– La paix soit avec toi, Flavia, dit Mordecaï en faisant un petit salut. Tu vois, nous avons été chercher Hephzibah à la prison de la basilica.

– Bonjour, Hephzibah, dit Flavia. J'espère que ça n'a pas été trop terrible là-bas ?

Hephzibah hocha la tête sans répondre, et Flavia la vit frissonner, malgré la douceur de la température. Le soleil était déjà chaud pour un mois de décembre. Elle lui sourit dans l'espoir de la réconforter.

– Vas-tu retourner chez Miriam maintenant ?

– Non, intervint Mordecaï, je veux garder Hephzibah avec nous jusqu'à son procès. C'est plus pratique pour elle de rester en ville. Est-ce que ce document contient les renseignements nécessaires à la procédure ?

– Oui, dit Flavia en lui montrant la tablette. Sept jours avant les ides. Après-demain.

– Par le maître de l'univers ! Ça ne va pas laisser au jeune Pline beaucoup de temps pour se préparer.

– Docteur Mordecaï ! Pline ne peut pas défendre Hephzibah. Il a dû aller à Rome pour une affaire urgente.

– Oh mon Dieu ! C'est une très mauvaise nouvelle.

– Et toi, tu ne peux pas la défendre, Père ? demanda Jonathan.

– Non, mon fils. Je connais très mal la procédure dans les tribunaux romains, et encore moins la rhétorique. Peut-être que ton oncle pourrait s'en charger, Flavia ?

Le regard de la jeune fille s'éclaira.

– Bonne idée ! Nous allons filer à Laurentum pour demander à Oncle Gaïus de défendre Hephzibah, et en même temps, nous verrons Nubia. Vous nous en donnez la permission, docteur Mordecaï ?

Celui-ci hocha la tête en soupirant.

– Allez-y, mais prenez les chiens pour vous protéger.

– Très bien, approuva Flavia. Dès qu'Alma ramènera Scuto et Nipur, nous allons les prendre avec nous, et nous laisserons Nipur à Nubia pour la consoler. Aristo n'est pas là, il ne pourra pas se plaindre que nous ne sommes pas venus à ses cours. Jonathan, Lupus, ça vous dirait, une grande marche ?

– Par les sourcils de Jupiter ! marmonna Gaïus, l'oncle de Flavia, une heure et demie plus tard. Je ne peux pas défendre Hephzibah ! Je n'ai aucune qualification pour ça.

La matinée était si belle qu'elle évoquait plus l'automne que l'hiver. Les quatre enfants et leurs chiens prenaient un petit déjeuner tardif dans le tablinum de la maison de Laurentum. Miriam et Gaïus étaient tous les deux pâles et fatigués : ils avaient passé une nuit blanche au chevet d'une accouchée. Nubia aussi avait l'air épuisée, mais elle avait sauté de joie en voyant ses amis et son chien Nipur, qui tirait la langue à ses pieds.

– Oh, Gaïus, il faut que tu la défendes, insista Miriam. Si tu n'acceptes pas, qui va le faire ?

– Je n'en sais rien, mais moi, j'en suis incapable : je n'ai jamais étudié la rhétorique sérieusement. Ça prend des années de devenir rhétoricien.

– Qui connaissons-nous alors, qui aurait fait les bonnes études ? demanda Jonathan, la bouche pleine de bouillie d'avoine.

– Je sais ! s'écria soudain Flavia. Je sais qui pourra !

– Dis-nous ça, demanda Gaïus en étouffant un bâillement, qui donc ?

Mais Flavia baissa la tête, tout son enthousiasme envolé.

– Non, dit-elle, je ne sais pas s'il est à Rome, ou même dans le pays.

– Enfin, Flavia ! Dis-nous son nom et je file à Rome, demanda Gaïus.

– Mais il est peu probable qu'il soit chez lui, continua Flavia. Je dirais qu'il y a une chance sur cent.

– Mais… et ta récolte d'olives ? demanda Miriam à son mari.

– Je parie qu'il sera là, dit Gaïus.

– Avez-vous quelque chose pour écrire ? demanda Flavia. Je voudrais lui transmettre un petit mot.

Lupus lui tendit sa tablette de cire, mais Gaïus le devança en lui offrant une feuille de papyrus qu'il prit sur l'étagère. Il lui passa ensuite un encrier et une plume d'oie, et Flavia se mit à écrire. Quand elle eut terminé, elle inscrivit une adresse au dos du papyrus, le plia et prit la chandelle allumée que lui fournit son oncle. Elle laissa couler quelques gouttes de cire sur le pli, et y appliqua le sceau qu'elle portait monté en bague. Pendant que la cire refroidissait, elle leva la tête et vit que ses amis étaient tous en train de la regarder.

– Vous ne voyez pas de qui il peut s'agir ? demanda-t-elle.

Ils secouèrent la tête de concert et Lupus écarquilla les yeux comme pour demander : « Qui ? »

Flavia sourit.

– Vous le saurez bien assez tôt.

Mais son sourire s'évanouit vite et elle tendit la lettre à son oncle en ajoutant :

– S'il est là. Et s'il accepte.

En arrivant chez eux une heure plus tard, Flavia et les garçons trouvèrent Aristo en train d'arpenter nerveusement l'atrium. Ils lui firent le récit de leur matinée.

– J'ai passé la matinée au forum, raconta Aristo, pour essayer d'en savoir plus sur Papillio et Mercator, les deux victimes.

– Et tu as découvert quelque chose ? demanda Flavia. Est-ce qu'ils connaissaient Hephzibah ?

– Pour autant que je sache, non, il n'y a aucun lien entre Hephzibah et eux. En fait, ils n'avaient rien de commun entre eux non plus, sauf le fait que chacun connaissait l'ancien maître d'Hephzibah, Dives. Je retourne en ville chercher toutes les informations possibles sur eux, et sur Dives, bien sûr.

Il prit son manteau accroché à une patère et se retourna vers les enfants.

– Vous pouvez aller aux bains tous les trois cet après-midi, leur dit-il, mais n'allez pas ailleurs. Pas question d'aller courir à Laurentum, comme vous l'avez fait ce matin.

– Mais le docteur Mordecaï nous a dit que nous pouvions y aller, et de toute façon, argumenta Flavia, maintenant que nous avons débarrassé la ville des bandits qui enlevaient des enfants, nous pouvons nous promener en toute sécurité.

– Flavia ! Hier, deux meurtres abominables ont été commis dans un rayon de cinq milles autour de cette maison. Je ne veux pas que vous soyez les prochaines victimes. Quand ton père est absent, tu es sous ma responsabilité.

– Puis-je au moins aller chez Jonathan ?

Aristo leva les yeux au ciel.

– Oui, puisque c'est la porte à côté, tu peux y aller. Mais sois raisonnable. Je serai rentré pour le dîner au plus tard.

– Nous serons raisonnables, promit Flavia.

Quand la porte se referma enfin sur Aristo, elle se tourna vers les garçons.

– Il est parti ! Allons poursuivre notre enquête…

– Où ? demanda Jonathan.

– À côté, bien sûr, chez toi ! Allons parler à Hephzibah, nous avons besoin d'avoir une longue conversation avec elle.

•

– Elle se repose dans l'ancienne chambre de Miriam, annonça Susannah, la mère de Jonathan. Je ne crois pas qu'elle ait pu dormir dans cette cellule glacée la nuit dernière. Je lui ai promis de l'emmener aux bains dès qu'ils ouvriront, mais je vais voir si elle veut bien descendre vous parler d'abord.

Flavia regardait Susannah avec attention. On voyait rarement la mère de Jonathan, qui passait son temps à arpenter les rues de la ville, ou à tisser dans l'intimité de sa chambre, séparée de celle de son époux.

– Nous attendrons dans la salle à manger, dit Jonathan.

Susannah lui caressa la joue en souriant et disparut vers l'escalier.

Flavia suivit ses amis dans le triclinium[1]. Il avait la même taille que celui de sa propre maison, mais l'impression qu'il dégageait était différente. Le plâtre des murs était peint d'un rouge cinabre profond, et des tapis dans de riches tons de bleu, d'or et de pourpre recouvraient le sol de mosaïque blanche et noire. Des coussins richement brodés et des traversins confortables entouraient la table octogonale en bois sombre à marqueterie de nacre.

---

1. Salle à manger de la Rome antique, généralement garnie de trois banquettes sur lesquelles les adultes s'allongeaient pour prendre leurs repas.

Flavia ferma les yeux pour mieux savourer la délicieuse odeur de cannelle, de menthe et de cumin qui régnait dans la pièce.

Mais très vite, Susannah revint avec Hephzibah. La jeune esclave était pâle, dans sa stola crème, mais elle paraissait reposée. Ses magnifiques cheveux auburn cascadaient dans son dos, retenus par un filet.

— Je vais demander à Delilah de vous apporter une infusion de sauge et des gâteaux au sésame, annonça Susannah. Soyez gentils avec Hephzibah, il lui est arrivé tant de choses depuis quelques jours.

— C'est vrai, murmura Flavia. Il est arrivé beaucoup de choses.

Elle regarda Hephzibah en tapotant le coussin le plus proche du sien.

— Viens t'asseoir, Hephzibah. Nous avons besoin de ton aide, pour pouvoir t'aider nous aussi. Raconte-nous ta vie, dis-nous tout.

— Je suis née à Jérusalem, sous le règne de Néron[1], un an avant la Grande Révolte de Judée[2], commença Hephzibah, assise en tailleur sur un coussin, un gobelet de tisane à la main. On dit que

1. Empereur qui régna à Rome de 54 à 68 après J.-C.
2. Ancienne province de l'Empire romain. C'est aujourd'hui une région de l'État d'Israël.

je suis née sous un bon augure : le neuvième jour d'Av.

– Le jour de la destruction du premier temple, chuchota Jonathan.

– Et aussi du deuxième, assura Hephzibah de sa voix basse. La Maison de Dieu a brûlé le jour de mes cinq ans. Je me souviens que mon père m'avait emmenée quelque part où il pensait trouver de la nourriture. Pour mon anniversaire, il voulait que je puisse manger à ma faim. Mais quand nous sommes arrivés, il n'y avait plus rien. J'ai pleuré, pleuré ! J'aurais voulu trouver un kaki.

– Qu'est-ce que c'est ? demanda Flavia.

– C'est un fruit, un peu comme une pomme, répondit Jonathan, mais avec une peau orange vif et une chair plus molle. Il pousse sur un arbre qu'on appelle plaqueminier.

Hephzibah buvait sa tisane à petites gorgées.

– Les Juifs avaient brûlé tous les plaqueminiers qui poussaient aux alentours pour éviter qu'ils ne tombent aux mains des Romains. Et en ville, tous les fruits avaient été récoltés depuis longtemps. Il y avait une famine terrible.

Hephzibah reposa son gobelet sur la table avant de continuer.

– Père m'a prise dans ses bras pour me porter jusqu'à la maison. Nous nous sommes arrêtés pour regarder brûler le portique[1] du temple. Je n'oublierai jamais la vue de ces Romains qui couraient comme des fourmis sur le portique en flammes. La plupart des spectateurs se désolaient de voir le temple détruit, mais certains se réjouissaient de voir des soldats romains brûler !

Près de Flavia, Jonathan gémit en se cachant le visage dans les mains.

Hephzibah reprit son récit.

– Brusquement, tout le monde s'est tu. Un soldat romain appelait ses camarades qui étaient restés un étage plus bas. Nous n'entendions pas distinctement ses paroles, mais nous pouvions les deviner : il était pris au piège à l'étage supérieur, que les flammes commençaient à atteindre. Un autre soldat, un étage plus bas, a couru vers lui en tendant les bras. Jamais je n'oublierai ça. C'était une chute énorme, mais cet homme a quand même tendu les bras vers son ami.

– Qu'est-ce qui s'est passé ?

– Le premier a sauté, et le deuxième l'a rattrapé. Celui qui avait sauté s'est relevé, mais pas l'autre. Je pense qu'il avait été tué sous le choc. Je me suis souvent demandé ce qui était arrivé à ces hommes. Ils avaient dû être proches, pour que l'un sacrifie sa vie pour l'autre. Je me le demande encore, parce que, sur

---

1. Galerie ouverte au toit soutenu par deux rangées de colonnes, ou par un mur et une rangée de colonnes, et souvent rattachée à un bâtiment, comme un porche.

le chemin du retour, un Juif, l'un des nôtres, a attaqué mon père et l'a tué. Il l'a attaqué pour lui voler sa ceinture de cuir. Je pense qu'il voulait la manger.

– Oh ! s'écria Flavia.

– Mon père est mort dans mes bras, continua Hephzibah. Dans son dernier souffle, il a prié l'Éternel de me protéger.

Flavia sentit un léger mouvement sur sa droite : c'était Lupus qui serrait les poings et les relâchait. Jonathan baissait la tête.

– Quand j'ai conduit ma mère devant le corps de mon père, elle s'est évanouie, et ensuite, elle s'est mise à délirer. Elle a failli mourir. Plus tard, des Romains sont passés, ils l'ont regardée et l'ont jetée sur une pile de cadavres. Je me suis allongée à côté d'elle, sur le tas des morts. Je ne savais pas si elle était encore vivante, et je ne savais même plus si je l'étais moi-même.

Hephzibah but une longue gorgée de sauge et ferma les yeux.

– Nous ne sommes pas mortes, et nous n'avons pas été enchaînées comme des milliers d'autres. À l'époque, nous avons cru avoir de la chance, mais nous avons fini par comprendre que ceux qui avaient été vendus comme esclaves avaient eu de la chance.

– De la chance, les esclaves ? demanda Jonathan, stupéfait.

– Mais oui. Mon grand-père Eléazar, le père de ma mère, faisait partie d'un petit groupe de rebelles qui s'étaient réfugiés dans le désert. Ils occupaient une forteresse que même les Romains ne pouvaient atteindre. Ma mère a décidé d'aller le rejoindre, et nous sommes parties. Ça a duré des jours et des jours, nous avons connu bien des privations, mais nous avons fini par arriver.

Les yeux noirs de Jonathan s'ouvrirent très grand.

– Oh, non ! Ne dis pas que tu étais là-bas ?

– Si. Nous y étions.

Une fois de plus, Jonathan se prit le visage dans les mains et gémit.

Flavia et Lupus échangèrent un regard inquiet.

– Mais où ? demanda Flavia. Où êtes-vous allées ?

– À la forteresse d'Hérode, répondit Hephzibah d'un ton désespéré, Massada*.

ROULEAU IX

Massada ? répéta Flavia. Qui est-ce ?
– – Où est-ce, tu veux dire, reprit Jonathan
en relevant la tête.

– Massada était une montagne aride plantée
au milieu du désert de Judée, répondit Hephzibah.
Hérode y a construit un palais magnifique, avec des
jardins en terrasse et des citernes souterraines qui
fournissaient de l'eau sans compter, tout ça au cœur
du désert le plus inhospitalier du monde. De la plus
haute tour, on voyait à vingt milles à la ronde, quand
une chaleur de four ne troublait pas l'atmosphère.
Massada veut dire « forteresse » dans notre langue.
Celle-ci avait été construite de façon à être parfaitement imprenable. Invincible. Impossible à assiéger.
Ma mère et moi y avons vécu trois ans, et puis les
Romains l'ont attaquée.

Nubia se trouvait dans la petite cuisine de la
maison de Laurentum, en train d'aider Miriam à
broyer de la farine de châtaignes, quand Nipur releva
la tête, dressa les oreilles et se mit à grogner. Un

instant plus tard, ils entendirent le sourd aboiement de Mastix en provenance du vestibule.

Miriam jeta un coup d'œil vers Nubia, s'essuya les mains et se tourna vers l'entrée.

– Ça ne peut pas être Gaïus, murmura-t-elle. Mastix n'aboie jamais quand il arrive.

Mais avant même d'avoir fait un pas, elle entendit des coups furieux frappés à la porte.

– Sauve-toi, Nubia ! chuchota Miriam. Sors par la porte de derrière, et va dans la cachette que nous avons préparée ! Je vais essayer de les renvoyer.

Nipur s'était levé. Nubia prit la grosse tête du chien entre ses mains et lui ordonna :

– Reste là !

Puis elle ouvrit la porte de la cuisine sans faire de bruit et s'élança au dehors.

– Massada était imprenable, continuait Hephzibah, et pourtant les Romains l'ont prise. Ils ont mis une année entière à construire une rampe, mais seulement une semaine à enfoncer le mur d'enceinte. Quand ils sont entrés, ils ont découvert que le peuple de la ville avait édifié un second mur à l'intérieur, fait de bois et de terre. Les Romains ont essayé leurs boutoirs, mais ça n'a fait que durcir la terre et la rendre encore plus solide.

« Ils ont vite compris qu'ils pouvaient brûler le mur, qui était construit pour une bonne partie en bois. Ils ont approché leurs torches et nous avons vu le feu détruire notre dernier rempart. Nous avons pleuré d'abord, puis nous nous sommes réjouis : Dieu avait fait virer le vent et les flammes se retournaient maintenant contre les Romains. Ils avaient tellement hâte de s'échapper qu'ils se sont piétinés mutuellement, et que beaucoup d'entre eux sont tombés de la rampe.

« Mais ce vent miraculeux n'a pas duré. Comme les premières étoiles apparaissaient dans le ciel, le vent du soir s'est levé et a attisé les flammes dans notre direction. Nous avons regardé brûler notre mur avec le sentiment de nous regarder mourir. La nuit tombait, les Romains battaient en retraite, mais nous savions qu'ils allaient revenir à l'aube, pour achever leur tâche et nous achever, nous aussi. Il y avait des légions tout autour de la citadelle. Aucune issue n'était possible.

« Cette nuit-là, les hommes ne se sont pas couchés. Ils ont parlé des mesures à prendre. Ma mère m'a dit de surveiller des enfants qu'elle avait pris sous sa protection, des enfants dont les parents étaient morts. Elle voulait entendre ce que les chefs allaient décider. Ils se sont réunis en secret, mais elle savait où se cacher pour les écouter sans être vue.

Jonathan regardait fixement Hephzibah, mais elle n'avait pas l'air de s'en apercevoir. Elle continua son récit.

– Nous, les enfants, nous étions terrifiés par les Romains. Nous avions entendu raconter ce qu'ils faisaient à leurs prisonniers. Les autres étaient tous plus jeunes que moi, et j'étais responsable d'eux. J'avais huit ans. Je leur ai raconté des histoires pour les rassurer. Ma mère est restée absente longtemps, si longtemps que j'ai commencé à avoir peur que les Romains soient déjà entrés discrètement dans la place et l'aient tuée. Tous les autres enfants ont fini par s'endormir.

Hephzibah finit sa tisane de sauge.

– Finalement, ma mère est revenue, avec une vieille femme, Anna, qui passait ses journées à prier. Je pensais qu'elle devait être folle, pour ne rien faire d'autre que prier. J'allais demander à ma mère pourquoi elle nous amenait cette femme dérangée, quand je me suis aperçue qu'elle pleurait. C'était la première fois que je la voyais pleurer depuis la mort de mon père. Finalement, elle a séché ses larmes, réveillé les enfants. Il était plus de minuit. Elle nous a dit de nous habiller, et elle nous a conduits en silence, par des sentiers très sombres, jusqu'à la plus éloignée des citernes de l'aqueduc construit par Hérode. La vieille Anna nous suivait.

« Nous avions tous très peur, et nous nous attendions à voir surgir des Romains qui nous couperaient la gorge. Mais enfin, nous sommes arrivés à la citerne, et nous avons descendu les marches creusées dans le rocher. Un moment, la lune s'est levée et a éclairé l'intérieur d'une lueur bleutée. Puis nous avons été plongés dans l'obscurité.

« Ça a été la plus longue nuit de ma vie. Mais nous avons fini par distinguer une petite clarté à l'est, et nous avons entendu les coqs. Un peu plus tard, nous avons entendu le mur s'écrouler au loin, et nous avons serré les dents en attendant les cris des soldats et le bruit des armures et des épées. Mais on n'entendait rien. Un grand silence. Pendant une heure, deux, trois, six heures. La lumière montait et le ciel était bleu comme à midi. Le plus jeune des enfants se plaignait d'avoir faim. Il s'appelait Zacharie. Il s'est mis à pleurer et il n'y avait rien à faire pour le consoler.

« Alors nous avons entendu des pas, le bruit très reconnaissable des semelles à clous sur les cailloux. Nous nous sommes serrés les uns contre les autres en gémissant. À la fin, ils sont apparus, découpés contre le ciel bleu. Deux soldats romains. L'un boitait, l'autre était jeune et beau et je n'oublierai jamais ce qui est arrivé ensuite.

– Qu'est-ce qui est arrivé ? chuchota Flavia.

– Ces deux soldats romains se sont mis à pleurer et à remercier les dieux, et le plus jeune nous a pris dans ses bras, les uns après les autres, même ma mère, même la vieille Anna, pour embrasser nos cheveux.

Lupus, les sourcils froncés, posa la question « pourquoi ? » comme il le faisait d'habitude, avec un grognement.

– Il était si heureux de nous voir vivants, dit Hephzibah. Vous savez, tous les autres Juifs de Massada étaient morts.

Flavia et Lupus la regardaient, horrifiés. Jonathan gardait la tête baissée.

– Comment ? murmura Flavia.

– Ils s'étaient suicidés collectivement. Chaque époux avait coupé la gorge de sa femme et de ses enfants, puis un homme qu'ils avaient désigné les avait tous tués.

– Quoi ? dit Flavia. Tous ?

Hephzibah hocha la tête.

– Sur un millier de personnes, il ne restait que nous sept.

Entre les étables et les vignes de la maison de Laurentum, il y avait un vieux pressoir à vin. C'était un vaste réservoir de pierre, rectangulaire, pourvu sur un côté de trois dégorgeoirs à tête de lion. Dans toute l'Italie, en septembre et octobre, des esclaves à demi nus foulaient les raisins dans des pressoirs comme celui-là, leurs jambes couvertes du jus pourpre qui s'écoulait par les gueules des lions, et qu'on recueillait ensuite dans des récipients d'argile. Plus tard, on passait le jus, on le mettait en tonneaux, et on attendait qu'il fermente.

La veille, Gaïus et Dromo avaient construit un double fond dans la citerne avec des planches fixées sur quelques briques. Quand il était en place, on avait l'impression que le pressoir était à demi plein, prêt à être utilisé.

Les mains tremblantes, Nubia souleva le double fond et pénétra dans le pressoir, avant de refermer le plafond de planches au-dessus de sa tête. Elle espérait que les raisins n'allaient pas rouler d'un côté et mettre les planches à nu.

La joue contre le fond de pierre, elle respirait l'odeur des raisins un peu fermentés. À travers les têtes de lion, on voyait passer un peu de lumière. Elle n'était pas plongée dans l'obscurité complète. En rampant, elle réussit à coller son œil à l'une des ouvertures. Elle ne voyait que l'olivier qui se dressait à un angle de la maison, et le petit chemin des vignes. Le vieil esclave, Dromo, surgit dans son champ de vision, porteur d'un panier de raisins qu'il déversa dans le pressoir. Nubia entendit les centaines de petits grains frapper le plancher de bois.

Mais un autre son lui fit dresser l'oreille, terrifiée. C'était le cliquetis d'une armure.

– Fouille les étables, Decimus ! cria un soldat. Je jette un coup d'œil ici. Qu'est-ce que tu fais, grand-père ?

Le cœur de Nubia se mit à battre à tout rompre : les vigiles ! Ils la recherchaient ! Un instant, elle ferma les yeux, n'osant rien regarder. Quand elle les ouvrit, elle retint un cri : elle voyait juste devant elle les mollets musclés d'un soldat. Il était tout près.

– Où est ton maître, vieil homme ?

– Rome, chevrota Dromo. Le maître est à Rome.

– C'est un peu tard en saison pour fouler le raisin, non ? dit le soldat.

Nubia entendit Dromo murmurer une excuse.

Puis elle vit, à travers la gueule du lion, quelque chose qui fit s'emballer son cœur.

Son chien Nipur arrivait sur le sentier de la maison et se dirigeait vers elle en haletant joyeusement. Il agitait la queue, tout heureux.

Horrifiée, Nubia le regarda s'approcher, de plus en plus près, jusqu'à ce que la truffe noire vienne bloquer la gueule de lion.

« Non, Nipur ! s'écria-t-elle en pensée. Va-t'en ! Tu vas me trahir ! »

ROULEAU X

près nous avoir découverts, raconta
– Hephzibah, les soldats nous ont conduits
hors de l'aqueduc. Le seul chemin traversait
une grande cour. Ils nous ont conseillé de ne pas
regarder autour de nous et de garder les yeux à terre.
J'ai désobéi, j'ai jeté un coup d'œil, et je le regret-
terai toute ma vie.

– Pourquoi ? demanda Flavia à voix basse.
Qu'est-ce que tu as vu ?

– J'ai vu des corps, répondit Hephzibah, la tête
basse. Dans leurs derniers instants, les mères s'ac-
crochaient à leurs enfants, et les pères avaient pris
leurs femmes dans les bras. Leur sang à tous avait
coulé sur les dalles de la cour.

Ils restèrent longtemps silencieux, puis
Hephzibah chuchota :

– Cette vision me hantera jusqu'à la fin de mes
jours.

– Oui, dit Jonathan d'une voix presque inaudible. Je sais.

– Qu'est-ce qui est arrivé ensuite ? Après la capture ? demanda Flavia.

– On nous a ramenés ici, en Italie, pour le triomphe. Je ne me souviens pas très bien. J'avais été si malade sur le bateau qu'ils ont pensé que j'allais mourir. Mais je ne suis pas morte, et ils n'ont pas pris la peine de nous exécuter. Nous n'étions que deux femmes et cinq petits enfants. Finalement, nous avons été achetés par un affranchi de l'empereur, un homme nommé Titus Flavius Josephus.

– Josephus ! s'écria Flavia. Un homme avec une barbe noire en broussaille ? Celui qui écrit l'histoire de la révolte des Juifs ?

– Oui, dit Hephzibah. Il voulait nous parler, nous faire raconter le siège de Jérusalem et celui de Massada. Il a passé bien des heures avec ma mère et la vieille Anna. Il m'a aussi questionnée, trois fois. Je n'avais que huit ou neuf ans, mais je me souvenais de tout. Quand il avait terminé l'entretien, il me récompensait en me donnant une datte fourrée de pâte d'amandes ou un gâteau au miel. À la fin, il a dû avoir tout ce qu'il voulait, parce qu'il nous a revendues, ma mère et moi, à un fabricant de tapis syrien qui possède un atelier sur la colline de l'Esquilin. Nous avons travaillé chez lui pendant cinq ans, jusqu'à ce que la santé du maître se mette à décliner et son commerce avec lui. Il nous a vendues aux enchères l'hiver dernier, et c'est là que Dives nous a rachetées.

Dernier testament de Nubia Shepenwepet, fille de Nastasen, du clan Léopard

J'appartiens au capitaine de vaisseau Marcus Flavius Geminus et même si mes biens sont à lui, je souhaite laisser quelque chose à ceux que j'aime. Si Marcus Flavius Geminus le permet, je voudrais faire de sa fille Flavia Gemina mon héritière. Je lui lègue la part d'or qui a été ma récompense pour avoir découvert le cheval de course Sagitta, et mes boucles d'oreilles en œil-de-tigre, en souvenir de moi.

À Aristo, je donne ma flûte, mon bien le plus précieux. Aristo, quand tu en joues, imagine que je t'embrasse, et rappelle-toi que je t'aime pour toujours.

À mon ami Jonathan, qui sait si bien me faire rire, je lègue mon chien Nipur, frère de Tigris. Qu'il le soigne bien, sa vie m'est précieuse.

À mon ami Lupus, qui sait me faire rire aussi, je laisse mon bracelet de jade, reçu en récompense pour avoir aidé les Verts.

À Alma, qui sait montrer son amour en faisant la cuisine, je laisse mes pots d'huiles et d'onguents, et mes épingles à cheveux.

À Caudex, qui sait montrer son amour en offrant sa protection, je donne mon manteau de peau de lion, qui pourra lui servir de couverture.

Ma vie a été marquée par l'amour et le deuil, mais surtout par l'amour et je m'en réjouis. S'il vous

plaît, mettez mes cendres dans le caveau de la famille
Geminus, là où Flavia viendra un jour me rejoindre.

Le témoin est Nipur, l'empreinte de sa patte est
au bas du document. Il a failli me trahir en ce jour
des nones de décembre. Il n'en avait pas l'intention,
mais il m'a fait comprendre que la vie est courte et
que je peux mourir un jour sans y être préparée.
C'est pourquoi je tenais à écrire cela.

– Il faut que nous trouvions la clé du mystère, s'écria
Flavia un peu plus tard ce jour-là. Il le faut, pour pouvoir
aider Hephzibah. La pauvre a déjà tant souffert !

Ils avaient passé un moment aux bains, et
ils étaient maintenant réunis dans la chambre de
Flavia, à regarder Scuto et Tigris faire semblant de
se battre.

– J'ai réfléchi… commença Flavia, mais elle fit une
pause en voyant Lupus porter un doigt sur ses lèvres.

Ils tendirent tous l'oreille et on entendit une
voix d'homme qui criait quelque chose.

– C'est le crieur ! dit Jonathan. Il ne se déplace
dans toute la ville que si les nouvelles sont impor-
tantes.

– Chut ! intervint Flavia. Scuto, Tigris, silence !

Praeco était encore loin, mais en tendant
l'oreille, on discernait déjà très bien ses paroles.

– DEUX MEURTRES ABOMINABLES ONT ÉTÉ
COMMIS ! L'UN À OSTIA, L'AUTRE À LAURENTUM.

SI VOUS AVEZ DES INFORMATIONS À LEUR SUJET, PRIÈRE DE VOUS RENDRE À LA BASILICA.

La voix s'éloigna : Praeco avait dû tourner dans une autre rue.

– UNE RÉCOMPENSE DE MILLE SESTERCES A ÉTÉ OFFERTE PAR L'ILLUSTRE ET GÉNÉREUX LUCIUS NONIUS CELER POUR TOUT RENSEIGNEMENT CONCERNANT LES MEURTRES INFÂMES DE GNAEUS HELVIUS PAPILLIO ET GAÏUS ARTORIUS MERCATOR. DEUX MEURTRES ABOMINABLES...

La voix s'éteignit ; Flavia se tourna vers Jonathan et Lupus.

– J'ai réfléchi à cette affaire, dit-elle, et j'ai fait une liste, dans ma tête, de tout ce que nous avons appris. Je vais vous la dire, prévenez-moi s'il manque quelque chose.

Assis sur le lit de Nubia, les garçons firent « oui » de la tête et Lupus sortit sa tablette. Les chiens se remirent à jouer.

– Il y a quinze ans, naissance d'Hephzibah à Jérusalem, dans une famille de la haute société juive. Son père est prêtre, et son grand-père maternel est un zélote[1], peut-être même un sicaire. Hephzibah

---

1. Traduction grecque d'un mot hébreu signifiant « jaloux » ; au Ier siècle, à Rome, les zélotes étaient la fraction la plus militante des quatre sectes juives, appelant à s'opposer à l'oppression romaine par tous les moyens, y compris la violence.

survit à la destruction de Jérusalem et au terrible suicide collectif de Massada. À l'âge de huit ans, elle est vendue comme esclave avec sa mère. Elles vivent en servage à Rome pendant cinq ans, avant d'être mises aux enchères et rachetées par un riche propriétaire, Dives, qui a été autrefois soldat en Judée. Hephzibah et sa mère sont arrivées dans son domaine de Laurentum il y a exactement un an, juste avant les Saturnales.

Mordu un peu trop fort par Tigris, Scuto laissa échapper un cri de douleur. Jonathan sépara les chiens et se mit à caresser le sien, tout en cherchant des tiques dans son pelage.

– J'espère qu'Aristo va trouver quelque chose au sujet de Dives, dit-il.

– Moi aussi, reprit Flavia. Hephzibah a travaillé chez lui comme couturière, sa mère comme blanchisseuse. Mais deux mois à peine après leur arrivée, sa mère est morte de la fièvre.

– Celle qui a bien failli nous tuer tous, remarqua Jonathan.

Flavia approuva de la tête.

– Dix mois plus tard, Dives décide brusquement d'affranchir Hephzibah. Il le fait sous le sceau du secret, en présence d'un unique magistrat, Papillio. Hephzibah se souvient qu'une tablette a été rédigée et scellée, mais personne n'a pu la retrouver jusqu'à présent. Trois jours plus tard, Dives meurt. Ça n'a rien d'extraordinaire, parce qu'il est invalide depuis longtemps, et son obésité le rend fragile.

– Mais, remarqua Jonathan, d'après Restituta, qui est une affranchie juive, la rumeur circule qu'il aurait été assassiné.

– Ça pourrait être la clé du mystère, reprit Flavia. Lupus, tu veux bien noter ? C'est une voie que nous devons explorer, d'autant plus que Nonius accuse Hephzibah d'avoir tué Dives.

Lupus baissa la tête sur sa tablette et se mit à écrire.

– Après la mort de Dives, continua Flavia, son héritier vient recevoir le legs. Nonius a à peu près vingt-cinq ans. Hephzibah lui dit qu'elle est libre et ne lui appartient pas, mais elle ne se souvient pas du nom du témoin de la manumission, et aucune trace n'en est retrouvée. Elle demande à son amie Miriam de rechercher le témoin. Miriam nous le demande à nous. Nous découvrons qu'il s'agit de Papillio, Pline lui envoie une assignation à comparaître au tribunal, pour témoigner qu'Hephzibah est libre. Et c'est alors qu'on retrouve Papillio poignardé. Il n'a que le temps de dire quelques mots : « Je n'ai rien dit. Vite, trouvez les six autres, par Hercule ! » avant de mourir.

– La question est : quels six autres ? demanda Jonathan.

Lupus fit signe qu'il était du même avis.

– Je n'en ai pas la moindre idée, répondit Flavia. Plus tard dans la journée, Nonius dit à Hephzibah de venir chercher ses affaires, faute de quoi il va les jeter. Elle arrive peu après, avec une bourse d'or que lui a donnée Miriam. Plus tard, elle nous dira que c'était pour racheter sa liberté.

– Et pourtant, la première chose qu'elle va faire, intervint Jonathan en fronçant les sourcils, c'est aller rendre visite à son amie… comment s'appelle-t-elle ?

– Priscilla, dit Flavia, une esclave enceinte qui travaille aux cuisines. Hephzibah dit qu'elle a d'abord cherché à voir Nonius, mais qu'elle ne l'a pas trouvé. Ensuite, elle est allée rechercher ses affaires, et c'est là qu'elle a trouvé un cadavre dans sa cellule : l'un des hommes affranchis par Dives, un marchand nommé Mercator. Hephzibah le connaît de vue, mais elle affirme qu'elle ne lui a jamais parlé, et n'a jamais rien eu à faire avec lui. De plus, il n'y a aucune trace de sang ni de lutte dans sa cellule, alors qu'on a découvert du sang répandu dans une pièce non loin de là qui sert de réserve.

Lupus fit un petit salut modeste.

– Par conséquent, il semble que quelqu'un essaie d'impliquer Hephzibah dans les meurtres, mais qui, et pourquoi ?

– Je pense qu'il faut en savoir plus sur Priscilla, la fille de cuisine qui est enceinte, et…

– Flavia ? demanda une voix venant du corridor.

Alma se tenait dans l'entrée et s'essuyait les mains sur son tablier.

Flavia et ses amis la regardèrent, étonnés.

– Il y a un jeune homme en bas, annonça Alma. Un très beau jeune homme. Et à en juger par ses boucles de chaussures en forme de croissant et par les larges rayures de sa tunique, il appartient à la classe des sénateurs. Y a-t-il quelque chose que tu voudrais dire à ta vieille nourrice, Flavia ?

Flavia regardait Alma sans comprendre, puis son visage s'illumina et elle applaudit.

– C'est lui ! s'écria-t-elle. Que Junon doit louée !

Jonathan échangea un regard surpris avec Lupus.

– Qui ? demanda-t-il.

– Notre sauveur !

ROULEAU XI

Il les attendait dans l'atrium, grand, brun, très noble d'allure. Derrière lui, un homme âgé portait une boîte de rouleaux dans une main et un sac de voyage en cuir dans l'autre.

Le jeune visiteur était en train d'examiner une fresque qui représentait Castor et Pollux, en mâchant son habituelle gomme de pistachier. En les entendant approcher, il se retourna pour jeter un coup d'œil et offrit à Flavia son sourire charmeur.

Flavia dut se forcer pour ne pas courir lui sauter au cou, mais elle ne put retenir un cri perçant :

– Raplapla !

Elle s'interrompit en rougissant, avant de reprendre d'un ton plus digne :

– Je veux dire : bienvenue, Gaïus Valerius Flaccus. Je te remercie d'être venu.

– Bonjour, Flavia, Jonathan et Lupus, répondit Flaccus de sa voix grave et cultivée. Comment allez-vous ?

Lupus, le pouce levé, fit signe que tout allait bien, puis pointa un doigt vers Flaccus en haussant les sourcils d'un air interrogateur.

– Je vais très bien, merci. J'arrive tout juste d'Halicarnasse[1], répondit Flaccus en tendant au vieil homme son manteau de voyage poussiéreux.

En entendant parler d'Halicarnasse, Flavia échangea un regard avec Lupus et Jonathan. Ils avaient rencontré Flaccus au printemps précédent, lors d'un voyage à Rhodes[2] ; il les avait aidés à libérer des enfants enlevés. D'après eux, l'organisation criminelle responsable des enlèvements avait son siège à Halicarnasse.

– Nous ne pouvions pas y aller par mer à cette époque de l'année, raconta Flaccus de sa voix veloutée, alors nous avons dû faire le détour par Brundisium[3]. Ça nous a pris presque un mois. Je ne suis arrivé à Rome qu'hier, et je n'avais même pas encore pris le temps de regarder mon courrier quand ton oncle est arrivé.

Flaccus se mit à rire, révélant des dents d'une blancheur éblouissante.

– Au début, j'étais déconcerté. Je l'ai pris pour ton père.

1. Auj. Bodrum. Cité antique de la région de Carie en Asie Mineure et site de l'une des sept merveilles du monde, le Mausolée d'Halicarnasse.
2. Voir *Les mystères romains*, tome 9 : *Le marchand d'esclaves*.
3. Important port romain, dans le talon de la «botte» de l'Italie ; c'est l'actuelle Brindisi.

– Ils sont jumeaux, expliqua Flavia en riant pour masquer son trouble.

Son cœur battait à tout rompre.

– J'ai appris ça. Gaïus m'a expliqué votre problème et m'a supplié de venir à votre secours.

– Oh, Flaccus! Nous te supplions, nous aussi! Le procès est fixé pour après-demain et nous n'avons personne pour nous aider. Tu peux dormir dans la chambre d'amis et prendre le tablinum de Pater pour travailler. Nous cuisinerons pour toi, et nous ferons toutes les recherches dont tu as besoin; tu pourras même prendre Aristo comme assistant au tribunal. S'il te plaît, dis-nous que tu acceptes de défendre Hephzibah. Tu es notre seul espoir!

Gaïus Valerius Flaccus sourit.

– Naturellement, je vais la défendre. C'est pour ça que je suis venu.

– *Amicus certus in re incerta cernitur*, fit une voix derrière leurs dos.

Les enfants se retournèrent pour regarder le vieil homme qui avait accompagné Flaccus.

– C'est dans le besoin qu'on reconnaît ses amis, répéta l'homme en leur faisant un clin d'œil.

Flaccus sourit.

– Flavia, Jonathan, Lupus, je vous présente Lynceus. C'était le scribe et le secrétaire de Père, et maintenant, c'est le mien. Il est un peu sourd, mais ce qu'il n'entend pas, il le voit: sa vision est excellente. Et vous verrez qu'en toute occasion, il peut vous citer une maxime latine.

– Cicéron*, citant Ennius[1], dit Lynceus avec un nouveau clin d'œil.

Il était petit, partiellement chauve, et ses yeux pétillaient d'intelligence. Il plut tout de suite à Flavia.

– Bienvenue à tous les deux, dit-elle. Je vais demander à Alma de faire du vin chaud, à moins que vous ne préfériez aller tout de suite voir votre chambre ?

– Priorité à ce qui est le plus urgent, répondit Flaccus en souriant. Peux-tu nous indiquer les meilleurs bains publics d'Ostia ?

– Jonathan ! dit Flavia en arrivant dans la petite chambre d'amis, c'est la chambre de Flaccus maintenant, et il va rentrer des bains d'une minute à l'autre.

Jonathan riait, assis sur le lit fraîchement refait. Il tenait un rouleau de papyrus à la main.

– Flavia, viens, il faut que tu voies ça, dit-il en indiquant un angle de la pièce. C'est Lupus le rhéteur[2].

---

1. Poète épique auteur de tragédies, de satires et de la célèbre épopée *Annales*, il vécut environ trois cents ans avant les personnages de cette histoire.
2. Orateur ou professeur de rhétorique.

Lupus se dressait devant eux, drapé dans une toge bordée de rouge et regardant au loin, une main à demi levée comme pour demander le silence.

– Lupus! C'est l'une des toges de Flaccus! Enlève ça immédiatement!

Lupus se contenta de lever un sourcil en la regardant de haut.

Jonathan pouffa.

– Regarde et écoute! dit-il en déroulant son papyrus.

Il commença à lire:

– *L'un des gestes les plus courants est de rapprocher l'annulaire et le pouce, et d'étendre les trois autres doigts. C'est un geste qui convient à l'exordium[1]. Étendre le bras en balançant la main de droite et de gauche, tout en suivant le mouvement des épaules et de la tête.*

Dans son coin, Lupus fit exactement le geste prescrit.

– *Utile aussi pour une déclaration, mais si vous reprochez quelque chose à l'adversaire, il faut imprimer au mouvement plus de force et de véhémence.*

En balançant le bras plus vigoureusement, Lupus perdit l'équilibre, marcha sur l'ourlet de sa toge trop longue pour lui et faillit atterrir sur le nez.

---

1. Introduction ou début d'un discours.

Il se rattrapa de justesse et adopta un air de dignité outragée.

Flavia ne put s'empêcher de rire.

– Il a vraiment l'air d'un avocat ! Petit mais pompeux.

– *Pour faire un geste de refus, comme pour dire « Que le Ciel nous en préserve ! », le rhéteur éloigne les mains vers la gauche tout en regardant dans la direction opposée.*

Lupus repoussa de ses mains un objet imaginaire tout en détournant la tête le plus loin possible, en prenant un air dégoûté.

Flavia fut prise de fou rire.

– *Le geste qui exprime l'émerveillement se fait en retournant la paume vers le haut, en fermant un à un les doigts, en commençant par l'auriculaire, et en les ouvrant de même dans l'ordre inverse.*

Lupus regarda sa main s'animer d'un air de profonde stupéfaction.

Flavia riait toujours.

– *Pour exprimer la surprise ou l'indignation,* ne pas *hocher la tête en agitant sa chevelure !*

Lupus secoua violemment la tête. Ses cheveux s'envolèrent et finirent par lui retomber sur les yeux.

Flavia riait tellement qu'elle fut obligée de s'asseoir sur le lit à côté de Jonathan.

– *Ce sont les yeux,* continuait Jonathan, imperturbable, *qui sont la partie la plus expressive du*

visage. Le rhéteur ne doit pas abuser de leur pou-
voir. Ses yeux doivent être fiers… déterminés… ter-
ribles… doux… ou sévères.

Lupus imita fidèlement chacune de ces expressions, et Flavia se tordit de rire à chaque fois.

– *Mais il ne doit* jamais *avoir les yeux fixes* (Lupus se mit à regarder le mur sans ciller), *ni exorbités* (Lupus fit une imitation réussie d'une carpe hors de l'eau), *ni fuyants* (Lupus regarda à droite puis à gauche sans bouger la tête), *ni noyés… endormis… stupéfaits… voluptueux… ou sexy!*

Pour mimer le dernier qualificatif, Lupus se mit à battre des cils, et ses deux spectateurs hoquetèrent de rire, pliés en deux.

– Qu'est-ce que vous faites ici? demanda soudain une voix profonde derrière eux, dans le couloir.

– Raplapla! s'écria Flavia, avant de porter la main à sa bouche et d'exploser de rire.

Flaccus fronça les sourcils et fut près du lit en deux enjambées.

– Mais c'est mon Quintilien*! s'exclama-t-il en saisissant le manuscrit.

À ce nom, Jonathan se plia en deux, incapable de dire un mot cohérent. Au bout d'un moment, il montra Flaccus du doigt et hoqueta:

– C'est son… Quintilien!

Le fou rire des trois enfants redoubla.

– Il n'y a pas de quoi rire, dit sévèrement Flaccus, c'est très sérieux au contraire.

Ses oreilles s'ourlaient de rouge, mais dans son coin, Lupus se redressa dans sa toge, mit les poings sur ses hanches et prit l'expression « sérieuse » en faisant la moue et en fronçant les sourcils, la tête penchée en avant.

Flavia pleurait de rire et Jonathan se roulait sur le lit en se tenant les côtes.

Flaccus émit un grognement de mécontentement et pivota sur ses talons pour s'en aller.

Flavia renvoya les garçons chez eux par le passage secret percé dans le mur de sa chambre. Quand elle retourna voir ce qui se passait dans la chambre d'amis, elle trouva Lynceus en train de plier soigneusement la toge de son maître.

– *Abiit, excessit, evasit, erupit*, dit le vieil homme sans lever la tête. « Il est parti, il a disparu, il s'est échappé, volatilisé. » Pour citer Cicéron.

– Oh, mon Dieu ! soupira Flavia.

Elle laissa Lynceus et descendit au rez-de-chaussée à la recherche de Flaccus.

Elle le trouva installé à la table de cèdre, dans le tablinum. Il lui tournait le dos. Le soleil avait disparu derrière les murailles de la ville et, même s'il faisait encore jour, on sentait déjà monter la fraîcheur de la nuit. Flavia s'en alla vers la cuisine et revint quelques minutes plus tard, avec un gobelet de vin chaud épicé.

– Gaïus ? dit-elle en s'arrêtant à la porte. Gaïus ? Je te demande pardon.

Flaccus ne répondit pas. Flavia étudia son dos. C'était un dos très séduisant, large aux épaules, musclé, mais aussi, pour l'instant, très raide.

Elle s'approcha timidement du bureau.

– Je t'ai fait du vin aux épices. Tu dois avoir besoin de te réchauffer.

Il ne dit rien, et ne la regarda même pas.

– J'ai mis beaucoup d'eau.

Silence.

Elle soupira et posa la tasse sur le bureau, puis s'approcha un peu pour regarder par-dessus son épaule. Un rouleau de papyrus, comme celui que Jonathan venait de lire, était étalé sur la table. À côté, Flaccus avait posé une tablette de cire. Il se pencha pour écrire une note sur la cire rouge, et revint à l'étude du papyrus.

– Qu'est-ce que tu lis ? demanda Flavia.

Debout, si proche de lui, elle sentait sa chaleur et son parfum de musc et de cannelle.

Il reposa son stylet d'ivoire, et soupira en regardant droit devant lui.

– Je te promets de ne pas rire, dit Flavia.

– Quintilien, dit-il enfin. Je lis Quintilien.

Heureuse d'être prudemment restée derrière lui, Flavia se mordit énergiquement les lèvres pour ne pas pouffer de nouveau. Elle réussit enfin à reprendre son sérieux.

– Qu'est-ce que c'est ?

– Pas « qu'est-ce que c'est », mais qui est-ce. Quintilien est le plus grand de tous les rhéteurs. Après Cicéron, bien sûr. J'espère qu'un jour, je pourrai aller étudier auprès de lui à Rome.

Flavia s'avança et attira vers elle le vieux siège de cuir et de chêne de son père, pour s'asseoir face à Flaccus.

– Alors il est encore en vie, ce Quintilien ?

– Bien sûr ! Il n'a même pas cinquante ans.

Flavia s'appuya au dossier en fronçant les sourcils.

– Mais pas Cicéron, n'est-ce pas ? Cicéron est mort ?

Flaccus leva enfin les yeux de son papyrus et la regarda, un sourcil levé.

– Non, non, bien sûr qu'il n'est plus en vie, bafouilla Flavia. Il… euh, il vivait au temps de la République. Jules César, Marc Antoine, tous ces gens-là.

– Oui, dit Flaccus en baissant la tête sur son rouleau.

– Oh ! s'écria soudain Flavia, je sais ! Cicéron est celui à qui on a coupé les mains et la tête, et la femme de Marc Antoine a pris sa tête et l'a posée sur ses genoux, pour transpercer sa langue de plusieurs coups d'épingle à cheveux ?

– C'est bien lui, dit Flaccus.

– Quelle fin horrible ! murmura Flavia.

– Non, reprit Flaccus en la regardant avec gravité. C'était une fin très noble, au contraire. Il se rendait à son domaine de la côte quand il a été attaqué par ses ennemis. Il a sorti sa tête de la litière, il a exposé tranquillement son cou et a demandé à ses bourreaux de la lui trancher vite et bien.

– Comme il était brave ! chuchota Flavia.

Flaccus approuva d'un hochement de tête.

– Quand j'étais étudiant en rhétorique, notre maître nous a un jour donné cette question à débattre : « Imaginez que vous êtes Cicéron. Devriez-vous supplier Marc Antoine de vous pardonner ? Et si Marc Antoine acceptait, mais seulement à la condition que vous détruisiez tout ce que vous avez écrit, devriez-vous accepter ? »

– Et qu'est-ce que tu en penses ?

– S'il y a un moyen d'atteindre l'immortalité en ce monde, répondit doucement Flaccus, c'est à travers ce que l'on écrit. Cicéron a pris la bonne décision… Tu sais, reprit-il après un silence, l'anniversaire de sa mort est après-demain.

– Le jour du procès ! s'exclama Flavia. Est-ce un signe, tu crois ?

– J'espère que non, répondit le jeune homme en haussant les épaules.

Flavia n'en était pas sûre, mais elle eut l'impression qu'il frissonnait.

– Tu devrais boire ton vin pendant qu'il est chaud, ça te fera du bien.

Il prit une gorgée, conciliant.

Une brise venue du jardin apporta une bouffée de jasmin et souleva ses beaux cheveux bruns.

Flavia, assise dans son fauteuil, l'étudiait. Elle était toujours surprise de voir à quel point il était beau, avec ses longs cils noirs, son nez droit, sa bouche sensible. Elle n'avait pas oublié qu'elle s'était déjà demandé quel effet ça ferait d'embrasser cette bouche.

Il leva les yeux sur elle et elle sentit ses joues s'enflammer.

– Flavia, dit-il, puis-je te dire quelque chose ?

– Bien sûr, répondit-elle ardemment.

– Quelque chose de personnel ?

Son cœur se mit à battre plus vite.

– Oui.

– Tu ne vas pas rire ?

– Je te le jure.

Il baissa la tête vers son rouleau.

– Je suis terrifié.

– Terrifié ? Par quoi ?

– Par le procès, dit-il d'une voix très basse.

– Mais pourquoi ?

– Je n'ai encore jamais plaidé une seule affaire.

– Mais tu as fait des études de rhétorique, n'est-ce pas ?

– Oui, à l'académie d'Athènes.

– Et tu avais bien l'intention de devenir juriste à Rome ?

– J'ai été si occupé à rechercher le chef de cette bande de criminels que je n'en ai pas eu le temps.

– Oh. Mais à Athènes, pendant tes études, tu n'as pas plaidé d'affaires ?

– Seulement des cas d'étude, comme celui de Cicéron. Aujourd'hui, c'est pour de vrai. La liberté, peut-être même la vie de quelqu'un dépendent de moi !

Il parut soudain très jeune et vulnérable, et Flavia se souvint qu'il n'avait pas vingt ans.

– Oh, Gaïus !

Elle se pencha vers lui en faisant craquer le vieux siège.

– Tu vas être extraordinaire ! Tu as la plus belle voix du monde, tu es superbe en toge, tu parles grec couramment… tu seras parfait !

Elle se sentit rougir et se demanda si elle n'avait pas poussé son enthousiasme un peu loin.

Mais il lui sourit enfin, et elle sut qu'elle avait trouvé les mots justes.

– Par la barbe de Neptune[1], mon garçon, rugit une voix forte, puis-je savoir ce que vous faites dans la chambre de ma fille ?

1. Dieu de la mer, et également des chevaux. Son équivalent grec est Poséidon.

– Pater !

Flavia sauta du lit où elle était assise, courut vers son père et se jeta dans ses bras.

– Tu es rentré de Sicile !

– Et il était temps que j'arrive, on dirait !

– Oh, Pater ! C'est seulement Raplapla ! Il était en train de s'entraîner pour son exordium.

Marcus Flavius Geminus examina sévèrement le jeune homme qui se tenait, rouge et penaud, dans un coin de la chambre de Flavia.

– Gaïus Valerius Flaccus ? C'est vous ?

– Bonsoir, monsieur, répondit Flaccus. Je comprends que j'ai commis un impair en venant dans la chambre de votre fille, mais c'est le seul endroit de la maison où l'on trouve un bon miroir. Le grand Démosthène[1] s'exerçait toujours devant un miroir, précisa-t-il.

– Gaïus s'entraîne aux gestes de l'éloquence. Apparemment, les bons rhéteurs doivent savoir comment bouger.

– Les gestes, plus la voix, font l'élocution, et l'élocution est l'élément premier de l'art oratoire. Comme le disait Démosthène lui-même, trois choses comptent : l'élocution, l'élocution, et l'élocution, cita Flaccus.

---

1. Orateur grec qui vécut environ quatre cents ans avant l'époque où se déroule cette histoire. Il était l'idole de Cicéron et sa source d'inspiration.

Flavia vit que son père retenait un sourire.

– L'art oratoire est une excellente chose, Valerius Flaccus, mais pas dans la chambre de ma fille ! Venez avec moi : Alma vient de mettre une patina[1] au four et ça sent très bon. Je meurs de faim.

Le père de Flavia s'effaça pour laisser passer le jeune homme, avant de se tourner vers sa fille avec son expression de réprimande la plus sévère.

– Pater ! s'écria-t-elle sans lui donner le temps de la chapitrer, Nubia a failli être le témoin d'un meurtre ! Mais elle est toujours officiellement ton esclave, et ils peuvent la torturer pour la faire témoigner. Il a fallu qu'elle s'enfuie et qu'elle se cache chez l'oncle Gaïus. Tu ne peux pas penser à dîner avant de l'avoir affranchie !

Quand ils s'installèrent enfin à la table du dîner, la nuit était tombée et Caudex était en train d'allumer les lampes à huile. Le plat principal était une soupe, et Flavia, accompagnée de Nubia, rejoignit les hommes à la table. Scuto et Nipur se débattaient joyeusement sous la nappe, se disputant les morceaux de pain qu'on voulait bien leur donner.

– Oh, Nubia, dit Flavia en serrant la jeune fille dans ses bras, c'est bon de te voir ici, tu m'as tant manqué.

1. Mot latin signifiant « plat ». C'est une sorte de flan aux œufs, sucré ou salé.

– Toi aussi, tu m'as manqué, mais Gaïus et Miriam sont si gentils. Ils m'ont donné à manger et m'ont cachée dans le pressoir à vin.

Tout en répondant, elle glissa discrètement un morceau de galette sous la table pour Nipur.

Le père de Flavia souffla sur sa soupe aux pois et aux poireaux pour la refroidir.

– Oui, et tu as eu de la chance de ne pas être découverte ! Et une autre chance, ça a été de rencontrer ce décurion sur la route, en revenant de chez Pline. Il a pu servir de témoin à la manumission de Nubia sur la route de Laurentum, expliqua-t-il à l'assemblée, et la voici, scellée et parfaitement en règle.

Il tapota avec joie une tablette de cire qu'il gardait près de lui sur la table.

– Demain matin, à la première heure, j'irai payer la taxe pour les esclaves. Mais je ne crois pas qu'ils oseront revenir à leurs méchants procédés, maintenant que je suis rentré. À votre avis, qui donc a pu manigancer l'arrestation de Nubia ?

– Il faut, dit Aristo, que la demande soit venue de quelqu'un qui nous connaît assez bien pour savoir que la manumission originale de Nubia n'avait pas été réalisée strictement dans les formes légales.

– Ou quelqu'un qui connaissait quelqu'un qui le savait, remarqua Flaccus.

– Ou quelqu'un qui savait comment Nubia a été affranchie à la villa de Pollius Felix l'année dernière, dit Flavia, qui, soudain frappée d'une idée terrible, leva la tête et rencontra les yeux de Flaccus fixés sur elle.

En voyant les muscles de ses mâchoires se crisper, elle sut que Flaccus avait eu la même pensée qu'elle.

– Tu ne penses pas que ça pourrait être Felix ? chuchota-t-elle.

Son père la regarda avec surprise.

– Mais pourquoi Pollius Felix voudrait-il nous nuire ?

– Je ne vois aucune raison, s'empressa de répondre Flavia.

À son grand soulagement, Flaccus conclut :

– Je pense qu'il faut chercher plus près d'ici.

Il se tourna vers Aristo.

– Flavia me dit que vous avez recherché des informations au sujet de Dives. Avez-vous trouvé quelque chose ? Pour l'instant, je n'ai pratiquement aucun élément pour construire ma défense.

– J'ai appris que Dives n'avait pas toujours été riche, répondit Aristo. Il est né plébéien[1]. Il s'appelait alors Gaïus Artorius Brutus, son père était un fermier pauvre de Paestum[2] et sa mère une affranchie

---

1. Du latin *plebs*, personne qui appartient aux basses classes de la société, à l'opposé des patriciens et des chevaliers.
2. Colonie grecque au sud de Surrentum, célèbre pour ses roses et ses temples grecs.

grecque. Il est entré dans l'armée et a servi dans la dixième légion[1] en Judée. Il y a dix ans, il a été blessé pendant le siège de Jérusalem. Il est resté encore quelques années dans l'armée avant d'être mis très tôt à la retraite. Il est revenu vivre en Italie, a acheté le domaine près de Laurentum où il a vécu presque cinq ans, devenant chaque année plus riche et plus gros. Il a changé son nom de Brutus en Dives au cours de ces années-là.

Aristo s'interrompit pour tremper un morceau de pain de seigle dans sa soupe, et le père de Flavia fronça les sourcils.

– Mais comment un légionnaire à la retraite a-t-il pu acheter un domaine sur la côte, près de Laurentum, avec des oliveraies, des vignobles, des vergers, des mûriers et des milliers de têtes de bétail ?

– Exactement, reprit Flaccus. Comment Gaïus Artorius Brutus est-il devenu Gaïus Artorius Dives ?

– Il y a plusieurs théories, dit Aristo. La plus évidente, c'est qu'il est tombé sur un trésor ou un bijou à l'époque où il était soldat en Judée, et que, de retour à Rome, il a tout vendu et fait fortune.

– Ça devait être un très beau bijou, remarqua Flavia.

---

1. La *Legio X Fretensis* assiégea Jérusalem et Massada pendant les Guerres juives au Ier siècle de l'ère chrétienne.

– Certainement, dit Aristo en essuyant son assiette de soupe avec un morceau de pain. On dit que son domaine valait deux millions de sesterces quand il l'a acheté. Aujourd'hui, il vaut dix fois plus.

– Est-ce qu'il aurait pu faire un héritage ? suggéra Flaccus.

– Il a bien hérité de la ferme de son père en Calabre, mais elle était très petite et ne produisait rien. Il l'a vendue pour une bouchée de pain et a réinvesti l'argent dans sa propriété de Laurentum.

– Mais l'homme lui-même, qui était-il ? demanda Flaccus. Qu'est-ce que les gens pensaient de lui ?

– Pour ses esclaves, il était un bon maître, répondit Aristo. Et, au fait, la plupart étaient juifs. Mais il n'était guère respecté par ses voisins, les autres propriétaires terriens des environs, ni par les membres de la bonne société.

– Mais pourquoi ? demanda Flaccus, qui prenait des notes sur sa tablette.

Il avait à peine touché à sa soupe, remarqua Flavia.

– Dives recevait volontiers les chasseurs d'héritage. Ce n'est pas considéré comme très honorable dans le monde auquel vous appartenez, n'est-ce pas ?

– Certainement pas, rétorqua Flaccus.

Aristo hocha la tête.

– Eh bien, il les encourageait à lui offrir des gâteaux, à lui lire les dernières poésies écrites à

Rome, et à l'accompagner à pied quand il se promenait en chaise à porteurs, enfin, ce genre de choses.

– Pourquoi ? demanda Nubia. Pourquoi les gens lui apportaient-ils des gâteaux, et lui lisaient-ils des poèmes ?

– Dives était fabuleusement riche, répondit Aristo avec un sourire. Mais il n'avait pas d'héritier connu. Certains espéraient qu'en se montrant très prévenants à son égard, ils allaient le convaincre de leur laisser son argent.

– Et il les encourageait ? demanda encore Flaccus.

– Mais oui, il adorait qu'on s'occupe de lui. Tout le monde pensait qu'il allait donner le domaine à Nonius, mais ça n'empêchait pas d'espérer une donation intéressante. Et il faisait souvent tout un cérémonial, en demandant qu'on lui apporte son testament. Il prétendait ajouter un codicille[1] ou enlever quelque chose. Il s'est fait beaucoup d'ennemis après sa mort.

– Pourquoi ? demanda le père de Flavia.

– Il n'a laissé à chacun des captateurs[2] que cinq sesterces, répondit Aristo. Certains citoyens à qui j'ai parlé alors l'approuvent, mais d'autres ont trouvé sa façon d'agir méprisable.

---

1. Note ajoutée à un document, en général un testament, pour y apporter une modification.
2. Terme inventé par le poète Horace pour qualifier un chasseur d'héritage. Au sens littéral, il désigne un pêcheur ou un chasseur.

– Est-ce qu'il aurait pu être assassiné ? demanda Flaccus. Nonius a accusé ma cliente de l'avoir tué.

Flavia reposa sa cuillère avec bruit.

– Je ne vous ai pas dit ce que Jonathan a appris ? demanda-t-elle.

Toute l'assemblée répondit que non.

– Une rumeur court, selon laquelle Dives a été étouffé. C'est ce que lui a dit une affranchie juive installée au domaine.

– Pourquoi n'a-t-elle pas prévenu les autorités ? demanda sèchement Marcus.

– La rumeur a commencé chez les esclaves, expliqua Flavia.

– Et comme nous ne le savons que trop bien, compléta Aristo en regardant Nubia, le témoignage d'un esclave n'est valable que s'il a été torturé.

– C'est pourquoi aucun d'entre eux ne va se précipiter pour témoigner, conclut Flaccus.

– Et l'affranchie ne dira rien non plus, parce qu'elle ne veut pas causer de tort à ses amis et anciens compagnons, remarqua Flavia. D'après Jonathan, c'était une esclave aussi jusqu'à la semaine dernière.

– Est-ce que Dives l'a affranchie dans son testament ? demanda Flaccus.

– Je le pense, dit Flavia.

Flaccus prit sa tablette.

– Comment s'appelle cette femme ?

– Je ne m'en souviens pas, mais Jonathan le saura.

– Je le lui demanderai demain, dit Flaccus en refermant sa tablette.

Le père de Flavia lui jeta un regard intéressé.

– Vous avez à peine touché à votre soupe. Avez-vous le trac ?

Flaccus regarda Flavia, qui lui sourit pour l'encourager.

– Je suis terrifié, dit Flaccus. Je ne pense pas que vous, vous voudriez défendre Hephzibah après-demain ?

– Je ne peux pas, malheureusement. Je dois assister à une cérémonie au domaine de mon patron ce jour-là, et je serai occupé demain toute la journée pour surveiller la rénovation de la chambre de Cordius avant le retour des jeunes mariés.

– Pater ! s'écria Flavia. Tu ne viendras pas au procès ?

Marcus secoua la tête.

– Non, je suis désolé. Cordius a décidé de faire un nouveau testament, et je dois être présent en tant que témoin. Je pense qu'il veut léguer son domaine à sa femme.

– Mais il vient de l'épouser, intervint Flavia, est-ce que ça ne la rend pas automatiquement son héritière ?

– Pas du tout, expliqua son père. En droit romain, les gens mariés n'héritent pas automatiquement l'un de l'autre, et si elle n'est pas nommée dans son testament, elle ne gardera pas le domaine sans contestation. Cordius a de nombreux chasseurs d'héritage à ses trousses. Le nouveau testament ne va pas leur faire plaisir, mais je pense qu'un certain nombre d'entre eux va se décourager. Je serai content de les voir partir.

– Cordius a des chasseurs d'héritage autour de lui ? demanda Flavia. Je ne savais pas.

– Bien sûr qu'il en a ! Jusqu'à son mariage la semaine dernière, il était la proie idéale pour eux : sans enfant, riche, et vieux.

– Sans enfant, riche, et vieux, répéta Flaccus, avec un regard vers Lynceus, qui se tenait debout derrière lui.

Flavia vit Lynceus hocher tristement la tête en guise de réponse. Flaccus se tourna de nouveau vers les convives.

– Je déteste les captateurs d'héritage. Ils ont harcelé mon père, même s'il n'était pas sans enfant. J'étais évidemment son seul héritier, et je les ai toujours sentis dans mon dos, espérant ma mort.

– Je me demande si Nonius était un chasseur d'héritage, murmura Flavia.

– Lequel est Nonius ? J'oublie leurs noms, car ils se ressemblent tous, remarqua Nubia.

– Nonius est celui qui a hérité du domaine, expliqua Flavia. L'homme à la peau foncée et à l'œil enflé, celui qui accusait Hephzibah de meurtre.

Aristo haussa les épaules.

– Les uns disent qu'il a capté l'héritage, les autres que non. Le père de Nonius était le meilleur ami de Dives, ils partageaient la même tente pendant la campagne de Judée. Alors je pense que c'était bien un véritable ami, et non un chasseur de succession.

Flavia hocha la tête.

– Un homme riche peut-il avoir de vrais amis ? Il y a un proverbe qui court les rues de Rome en ce moment : « Si vous êtes riche, sans enfants et que vous vous faites vieux, vos prétendus amis aiment sûrement mieux votre or que vous. »

Le sixième jour de décembre s'annonça clair et froid. À la demande de Flavia, les quatre amis passèrent la matinée à étudier les bases de la rhétorique : elle voulait pouvoir suivre la procédure du lendemain, et Aristo était d'avis que ces notions leur seraient toujours utiles.

Le soleil hivernal était presque à son zénith quand on frappa à la porte. Caudex étant sorti faire des courses avec Alma, Lupus se précipita pour tirer le verrou et ouvrir la porte.

C'était Flaccus, accompagné de son scribe.

– Désolé d'interrompre votre leçon, dit-il en défaisant sa toge. Nous avons passé la matinée à interroger Hephzibah de Jérusalem, l'une des sept survivants de Massada. J'ai encore quelques témoins à voir avant d'écrire mon discours, je vais vous laisser travailler.

– Non ! Ne pars pas ! s'écria Flavia. Nous avons passé des heures à étudier les six différentes parties du discours. Interroge-nous !

Flaccus, qui se dirigeait déjà vers le jardin intérieur, se retourna et lui sourit.

– Rapidement, alors. Lynceus, porte ma toge dans ma chambre et rapporte mon manteau de voyage.

– Oui, Maître.

– Allons, Flavia, reprit Flaccus en souriant, dis-moi quelle est la première partie du discours ?

– Le prologue !

– Très bien ; je l'appelle exordium, comme Quintilien. C'est le moment où je dois éveiller l'attention et gagner la sympathie des juges et du public. Est-ce que ton professeur t'a appris l'étape suivante ? demanda Flaccus avec un clin d'œil à Aristo.

– Oui ! C'est la narration. On raconte ce qui s'est passé. C'est comme raconter une histoire.

Aristo approuva d'un signe.

– Et ensuite ? demanda Flaccus. Qui d'autre que Flavia peut répondre ?

Jonathan regarda le plafond.

– La proposition, récita-t-il, pour présenter l'affaire et la ligne de défense que vous allez adopter.

– Exactement. Et ensuite, Lupus ?

Lupus montra sa tablette de cire, sur laquelle il avait inscrit les six étapes d'un discours de rhéteur. Il montra la quatrième du doigt.

Les preuves.

Flaccus se pencha pour lire en plissant les yeux et approuva.

– Exact. Les preuves viennent ensuite. La théorie est confirmée par des faits, des témoins, des preuves.

– Et ensuite, c'est la réfutation, dit Flavia. Il faut essayer de deviner les arguments de l'adversaire et les réfuter avant même qu'il ait eu le temps de les présenter.

– Excellent, dit Flaccus. Nubia, peux-tu me dire quelle est la sixième et dernière partie du discours ?

Nubia le regarda avec gravité et secoua la tête.

– Pour moi, tous ces mots se ressemblent.

Flaccus reprit en souriant :

– La dernière partie du discours s'appelle la péroraison. Elle sert à résumer l'affaire, et à s'adresser aux juges pour leur demander de donner le meilleur d'eux-mêmes et de rendre une décision juste.

– C'est très difficile de s'y retrouver, remarqua Nubia d'une petite voix.

Lupus lui donna une légère tape sur l'épaule et lui montra sa tablette. Il y avait inscrit les étapes et ajouté quelques explications :

Exordium	*Introduction*
Narration	*Ce qui est arrivé avant le crime*
Proposition	*Comment le crime a été commis*
Preuves	*Indices, témoignages*
Réfutation	*Pourquoi la partie adverse a tort*
Péroraison	*Conclusion*

Les yeux d'ambre de Nubia étincelèrent.

– Ah! Maintenant, je comprends! Merci, Lupus.

– Très bien, Lupus, commenta Aristo. Tu as exposé en termes clairs et simples les différentes parties du discours.

Flaccus soupira.

– J'espère que je pourrai expliquer l'affaire en termes aussi clairs demain.

– Oh, Lupus, s'écria Flavia, quel dommage que tu ne puisses plus parler, tu serais un brillant orateur!

– Il n'a pas besoin de parler, répondit Flaccus. Tu ne connais pas l'histoire du roi du Pont[1] et des pantomimes?

– Qu'est-ce que c'est, une pantomime? demanda Nubia.

Aristo sourit.

---

1. À l'époque de Flavia, le royaume du Pont, situé près de la mer Noire, appartenait à la Cappadoce.

– C'est un genre de théâtre où l'acteur principal porte un masque et raconte l'histoire sans paroles, par la danse et le chant. Il est accompagné par un orchestre et par un chœur qui psalmodie les événements.

– L'acteur principal porte aussi le nom de pantomime, ajouta Flaccus. Et maintenant, je vais travailler.

– Ne pars pas tout de suite, Flaccus, s'écria Flavia. Raconte-nous l'histoire du roi du Pont !

Flaccus fit non de la tête.

– Il faut que j'aille faire mon enquête à Laurentum.

– S'il te plaît ! Une version courte ?

Flaccus soupira et revint sur ses pas.

– Très courte, alors. C'est arrivé au temps du roi Néron, quand mon père était sénateur. Le roi du Pont était en visite à Rome, et Néron lui a offert une pantomime. Comme il ne parlait pas latin, le roi n'aurait pas pu apprécier une pièce de théâtre classique, mais les gestes du mime étaient si clairs qu'il a tout compris. Le roi a donc supplié Néron de lui donner quelques-uns de ses mimes, en expliquant qu'il voulait les employer chez lui en guise d'interprètes. Naturellement, nous, les orateurs, nous n'aimons guère être confondus avec des mimes, mais le principe est le même. On peut parler par gestes avec beaucoup d'éloquence.

Lupus écarta les bras comme pour dire «Vous voyez ?» et, quand tous les enfants éclatèrent de rire, il salua.

Lynceus fit son apparition, le manteau de son maître sur le bras.

– *Tempus fugit !* lança-t-il. Le temps file.

– Bien dit, commenta Flaccus. Et nous aussi, nous devons filer.

– Où allez-vous ? demanda Flavia.

– Nous allons au domaine de Nonius. Nous devons interroger…

Flaccus s'interrompit et regarda Jonathan.

– Restituta, termina celui-ci.

– Restituta, reprit Flaccus, pour aller au fond de cette histoire de rumeur. Je veux aussi parler aux esclaves et aux affranchis, pour en savoir plus sur Dives et Nonius, leur ancien maître et le nouveau.

– Alors tu ne vas pas à la synagogue ?

– Pourquoi j'irais à la synagogue ?

Sans lui répondre, Flavia se tourna vers Aristo, tout excitée.

– On peut aller à la synagogue, s'il te plaît ? Je crois que j'ai compris ce que veut dire « Trouvez les six autres » !

– Ce garçon et sa famille suivent une doctrine blasphématoire, dit sévèrement le rabbin en jetant à Jonathan un regard noir. Mais lui et toi, Flavia, avez quand même rendu quelques services à notre communauté, alors j'accepte de vous recevoir.

– Merci, monsieur, répondit poliment Flavia.

Avec ses amis, elle suivit le rabbin barbu et enturbanné dans l'entrée voûtée de la synagogue. Ils arrivèrent dans une cour intérieure lumineuse qu'elle reconnut.

Deux ans plus tôt, elle s'était réfugiée là, avec Jonathan et Nubia, pour échapper à une bande de ravisseurs. Le figuier avait perdu ses feuilles, mais il faisait beau et le rabbin leur indiqua un banc de marbre installé près du tronc. Il frappa dans ses mains, et peu après, un jeune garçon en tunique écrue apporta une table, des gobelets d'infusion de sauge fumants et des pâtisseries aux amandes. Le garçon mit la table et disparut.

– Dites-moi ce que je peux faire pour vous, dit le rabbin.

– Avez-vous entendu parler du cas d'Hephzibah, de Jérusalem ? demanda Flavia.

– Oui, j'en ai entendu parler. Certains des affranchis du domaine de Nonius viennent à la synagogue. Et je le dis une fois de plus : vous faites une bonne action en la défendant.

– Saviez-vous qu'elle était l'une des sept survivants de Massada ?

Le rabbin hocha la tête avec solennité.

– Je le savais.

— Nous pensons que les autres survivants peuvent nous donner un indice concernant la mort du magistrat Papillio, dit Flavia. Ses derniers mots ont été : « Trouvez les six autres. » Nous savons que la mère d'Hephzibah est morte l'année dernière, ce qui signifie qu'il n'en reste que cinq. Savez-vous où peuvent être les autres ?

— Je sais seulement où est l'un d'entre eux. Un jeune garçon qui s'appelle Zacharie. C'était le plus jeune, et maintenant, il a neuf ans.

— Zacharie ! s'écria Flavia. Je crois que c'est celui qui pleurait parce qu'il avait faim ! Pouvez-vous nous dire où il se trouve ?

— Je peux faire mieux que ça, répondit le rabbin.

Il frappa encore dans ses mains et le jeune serviteur réapparut.

— Zacharie, reprit le rabbin, ces enfants sont des amis de la jeune fille qui a survécu avec toi à Massada, et ils voudraient te parler.

— Avez-vous appris quelque chose d'intéressant à la synagogue ? demanda Flaccus à Flavia ce soir-là.

Il était encore tôt, mais ils étaient en train de dîner de soupe et de poulet rôti. Flavia reposa sa cuillère.

— Pas vraiment, mais nous avons rencontré le plus jeune survivant de Massada, un garçon qui s'appelle Zacharie. Il a été emmené à Rome avec les autres. Est-ce que tu connais Josephus, l'homme affranchi par l'empereur qui est en train d'écrire le récit des Guerres juives ?

– J'en ai entendu parler, mais je ne l'ai jamais rencontré.

– Josephus a racheté les sept survivants, mais il a revendu Zacharie et les autres enfants à un propriétaire de taverne de Rome. L'année dernière, ils sont tous morts de la fièvre, sauf Zacharie. Il a neuf ans maintenant. Le prêtre de la synagogue l'a acheté et adopté.

– Le rabbin, intervint Jonathan en essuyant son assiette avec un morceau de pain, on appelle ce prêtre un rabbin.

– Et la vieille femme ? demanda Flaccus en prenant du poulet. Hephzibah m'a dit qu'il y avait une femme âgée parmi les survivants.

– Oui, mais d'après Zacharie, elle est morte alors qu'ils étaient encore tous au service de Josephus.

– Alors ce n'étaient pas les six que tu cherchais ?

– Non, admit Flavia, c'était une fausse piste. Et toi, tu as pu visiter le domaine de Nonius ?

– Oui, dit Flaccus. Par chance, Nonius n'était pas là. Je ne crois pas que j'aurais été le bienvenu. Mais son intendant a bien voulu m'emmener voir Restituta et quelques-uns des esclaves.

– Et qu'a dit Artoria Restituta ?

– Pas grand-chose. Comme tu l'as deviné, elle ne veut pas révéler lequel des esclaves affirme que Dives a été assassiné. Si elle le trahissait, il serait arrêté et torturé. J'ai vu également l'amie d'Hephzibah, Priscilla.

– L'esclave enceinte, rappela Nubia.

– Précisément. Elle n'a rien dit, sauf que tout le monde adorait Hephzibah, en particulier les enfants du domaine.

Flaccus jeta un os aux chiens avant de s'exclamer :

– Oh, elle a dit une chose étrange !

– Quoi ? demandèrent les enfants en chœur.

– Elle a dit qu'elle était impatiente de vivre avec Hephzibah.

– Qu'est-ce que ça signifie ?

– Je ne sais pas. Quand je lui ai posé la question, elle s'est renfoncée dans sa chaise et a gémi qu'elle se sentait mal. Elle est très jeune, guère plus âgée que vous, les filles, et déjà en fin de grosses. Je n'y connais rien, mais je pense même qu'elle a dépassé le terme.

– Et avez-vous appris quelque chose en interrogeant Hephzibah ce matin ? voulut savoir Aristo.

– Rien de nouveau, rien que nous ne sachions déjà. La pauvre, elle me fait penser à Cassandre, la jeune princesse aux cheveux roux qui n'a survécu à la destruction de Troie que pour aller mourir dans le pays de ses ravisseurs.

– Cassandre avait les cheveux roux ? murmura Flavia. Je ne le savais pas.

– Je me sens comme Cassandre, annonça Jonathan. Je fais sans arrêt des rêves prémonitoires et personne ne me croit.

– *Ora non umquam credita*, fit une voix. La bouche que personne ne croit.

Tous les enfants se retournèrent pour voir Lynceus à l'entrée.

– Virgile, ajouta-t-il. Il va bientôt faire nuit, Maître, et vous avez une dure journée demain.

– On dirait une vieille nourrice, grommela Flaccus, mais tu n'as pas tort. Je devrais me retirer. Je veux me lever avant l'aube demain pour offrir un sacrifice à Janus, le dieu des commencements propices.

Au matin, Jonathan se réveilla en sueur, le cœur battant la chamade, la tête prise de vertiges. Il avait encore fait le même rêve. Il avait revu les funérailles par un jour de brouillard. Ça lui avait semblé tellement réel qu'il sentait encore l'humidité de la brume et l'odeur de la myrrhe qu'on utilisait pour oindre les morts.

Il se redressa trop vite et fut pris de nausées. Il attendit que ça passe en se demandant s'il devait se rallonger ou se précipiter aux latrines.

– Je vais mourir, chuchota-t-il. Moi, ou un proche. Dieu, s'il vous plaît, ne laissez pas arriver une telle catastrophe.

Entendant un grognement sur sa gauche, il se retourna et vit Lupus, assis sur son lit, le teint aussi blanc qu'un linge. Lui-même ne devait pas avoir meilleure mine, songea-t-il.

– Qu'est-ce qu'il y a, Lupus ?

Son ami lui tendit sa tablette de cire.

Comme elle n'était pas scellée, Jonathan l'ouvrit et faillit la lâcher.

– Par le maître de l'univers, Lupus ! Pourquoi avoir écrit ça aujourd'hui ? C'est ton testament !

Testament de Lupus

Je laisse mon bateau, le Delphina, *à mon ami Jonathan, qui m'a recueilli chez lui et a partagé sa chambre avec moi.*

Je souhaite que mon or soit réparti en quatre parts, une pour Jonathan, une pour Flavia Gemina et une pour Nubia. La part restante doit être envoyée à ma mère, qui sert le dieu Apollon à Delphes. Je demande à Jonathan, Flavia et Nubia de la traiter avec autant de soin que si elle était leur mère.

Fin du testament de Lupus, rédigé le septième jour avant les ides de décembre, en la seconde année du règne de Titus.

ROULEAU XII

C'était un doux matin d'hiver. En altitude, le ciel était nacré de fins nuages.

Au milieu du forum, Praeco, le crieur de la ville, se dressait sur son estrade. Il annonçait le procès et appelait les témoins. Quand Aristo arriva avec ses quatre jeunes élèves, l'étage inférieur de la basilica était déjà bondé.

Flavia avait visité les bureaux du premier, mais elle ne connaissait pas encore le rez-de-chaussée de la basilica. La nef centrale, très haute, était flanquée d'élégantes colonnes de marbre poli, d'un gris veiné de rose. Au sol, des dalles de marbre brillant composaient un motif de losanges abricot et blanc cassé.

– Regardez ! s'écria Nubia en levant les yeux. Des pigeons !

Flavia suivit le regard de Nubia et découvrit le toit, posé très haut sur les colonnades polies. Des pigeons voletaient à l'intérieur, à peine plus gros que des points contre le plafond peint. Les fenêtres cintrées laissaient passer la lumière blafarde du matin.

– Par le paon de Junon, s'écria la jeune fille, c'est immense !

– La mise en scène de la lumière et de l'espace est réussie, dit Aristo par-dessus le brouhaha de la foule, mais l'acoustique est mauvaise. Surtout quand on juge plus d'un cas à la fois.

Flavia le regarda, surprise.

– On peut juger ici plus d'un cas à la fois ?

– Parfois. On peut en juger jusqu'à quatre. On les sépare par des rideaux. Je viens de temps en temps avec mon ami Léandre, surtout quand celui qui plaide est un homme célèbre. Nous regardons depuis la galerie. Nous avons de la chance, aujourd'hui, il n'y a que notre affaire.

– Tous ces gens sont venus voir Hephzibah ? demanda Nubia.

Aristo fit un signe de la tête.

– C'est la première affaire de meurtre jugée ici depuis des années. La plupart du temps, on juge les meurtres à Rome.

Un homme bouscula Flavia, qui se mit à protester.

– Par Junon ! Il y a vraiment trop de monde ici !

– Venez par ici, conseilla Aristo en passant son bras droit sous le bras de Flavia, et son bras gauche sous celui de Nubia.

Dans la partie sud de la basilica, on voyait un espace libre, protégé par des cordes écarlates et délimité par des bancs de marbre. Tout au fond, derrière une rangée de bancs en gradins, s'élevait un cube de marbre blanc sur lequel était posé un siège de bronze.

– Qu'est-ce que c'est ? demanda Nubia.

– C'est le podium, ou le dais, répondit Aristo. C'est là que s'assied le président de l'audience la plus importante. Aujourd'hui, c'est la nôtre. Ces sièges en gradins sont pour les juges, sans doute, dans notre cas, trente décurions. À la gauche du président, ce sont les bancs de l'accusation, et à la droite, ceux de la défense. Ceux du bout sont réservés aux témoins et aux hôtes de marque. Vous voyez ces quatre rangées de bancs qui forment comme une petite cour ? C'est la place des avocats. Ils sont debout pour plaider. D'ailleurs, voici le nôtre.

Flavia aperçut Lynceus, l'esclave de Flaccus, qui se frayait un chemin dans la foule, Flaccus sur ses talons. Celui-ci portait sa toge bordée de rouge, et avait à ses côtés deux femmes dont les pallas étaient rabattues sur la tête et le visage. L'une, Hephzibah, était en noir, et l'autre femme portait du bleu sombre.

– Qui est cette femme près d'Hephzibah ? demanda Flavia. Est-ce la mère de Jonathan ?

– Oui, dit Nubia, je pense que c'est Susannah.

Jonathan et Lupus suivaient, vêtus tous deux de leurs plus belles tuniques. Flavia et Nubia leur firent signe, et Flaccus, les apercevant, dit quelque chose aux garçons, qui se glissèrent dans la cohue pour arriver jusqu'à elles.

– Où est Miriam ? demanda Flavia à Jonathan. Et ton père ? Je croyais qu'ils allaient venir.

– Père est allé voir un malade de l'autre côté de la ville, et Miriam est en train d'accoucher une femme au domaine de Nonius, cette esclave, Priscilla. Ils arriveront tous les deux dès que possible. Flaccus veut que nous soyons tous assis sur les bancs de la défense ! conclut-il, tout excité.

– Oh, tant mieux ! Je croyais que nous allions devoir nous installer à la galerie, dit Flavia avec un coup d'œil en direction des têtes qui se penchaient par-dessus la rambarde, au-dessus d'eux.

– Je pense qu'il a besoin du plus grand nombre de personnes possible pour le soutenir, remarqua Aristo, en soulevant la corde écarlate pour leur permettre de passer. Il y a moins de monde en faveur de l'accusée que de témoins à charge.

– C'est vrai ! s'exclama Flavia qui regardait les personnages en toge s'asseoir en face d'eux. Je ne crois pas qu'ils vont tous tenir sur les gradins.

Aristo fronça les sourcils.

– On dirait qu'il y a au moins trois avocats pour l'accusation, et une douzaine d'assistants…

– Bonjour, Flaccus ! s'écria Flavia d'un ton enthousiaste, en rejoignant le jeune homme et Lynceus. Bonjour, Hephzibah.

172

À la mère de Jonathan, elle adressa un cérémonieux :

– Bonjour, domina[1].

– Bonjour, Flavia, lui dit Flaccus.

Elle le regarda, sourit et dit timidement :

– Tu es superbe !

– *Vestis virum reddit*, dit Lynceus. L'habit fait l'homme, Quintilien le dit lui-même.

Flaccus hocha la tête en signe d'approbation et indiqua aux enfants le banc placé au deuxième rang. Lui-même et Hephzibah allaient s'asseoir au premier rang.

Quand tout le monde fut installé, Flavia se pencha en avant pour tapoter l'épaule de Flaccus.

– Bonne chance ! murmura-t-elle d'un ton enthousiaste.

Il se retourna un instant pour lui sourire, mais elle le trouva si pâle qu'elle craignit qu'il ne soit malade.

En face, les avocats de l'accusation s'installaient eux aussi. Soudain, Lupus poussa un cri inarticulé et montra quelqu'un du doigt.

– Regardez ! s'écria Nubia. L'un des avocats, c'est Bato !

– Tu as raison, confirma Flavia, c'est Marcus Artorius Bato.

---

1. Mot latin qui signifie « maîtresse » ; façon polie de s'adresser à une femme.

– Celui qui est venu avec nous à Rhodes au prin-temps dernier ? Et qui nous a aidés à secourir les enfants enlevés ? demanda Flaccus en plissant les yeux pour mieux voir.

Il était un peu myope et avait du mal à distin-guer un homme dans la foule.

– Lui-même, dit Flavia. Je me demande com-ment il se retrouve de leur côté.

– Ils lui ont donné une charrette pleine d'argent, peut-être ? suggéra Jonathan.

– Les avocats ne sont pas payés, dit Aristo. Ils travaillent pour le service public, et pour récolter les honneurs.

– On ne leur donne pas d'argent ? demanda Nubia.

– Pas officiellement, mais je suis sûr qu'ils reçoivent des cadeaux quand leurs clients leur sont reconnaissants.

Aristo se pencha vers Flaccus et baissa la voix.

– L'homme mince qui examine des papyrus, c'est Lucius Cartilius Poplicola, qui appartient à l'une des plus éminentes familles d'Ostia. On dit qu'il est sans pitié.

– Et qui est ce bel homme, là-bas ? demanda Flavia. Le grand, avec des yeux bleus et des cheveux bruns ? Je ne l'ai encore jamais vu.

– Oh, mon Dieu, non ! s'écria Flaccus, en plis-sant les yeux plus que jamais.

– Quoi ? demanda Flavia d'un ton inquiet.

– Par Hercule ! s'exclama Aristo. Est-ce bien qui je pense ?

Flaccus hocha la tête, le dos rigide.

Lynceus ouvrit la bouche et la referma sans rien dire. De toute évidence, il n'avait aucun proverbe correspondant à la situation.

– Mais qui est-ce ? répéta Flavia. Qui ?

– C'est Quintilien, dit Aristo.

– *Le* Quintilien ? demanda Jonathan.

Aristo hocha la tête, l'air sombre.

– Le Quintilien lui-même.

Les juges avaient pris place et le brouhaha cessa un instant tandis qu'un homme gras, vêtu d'une toge, montait sur le podium.

– C'est le président du tribunal, indiqua Aristo, Titus Hostilius Gratus. C'est un duovir. On dit qu'il est sévère, mais juste.

Le rez-de-chaussée et les galeries de la basilica étaient maintenant bondés et le brouhaha produit par la foule devenait tellement assourdissant que Flavia et Nubia se couvrirent les oreilles de leurs mains.

Praeco apparut brusquement. Il avait revêtu sa toge d'apparat et il se dirigeait d'un air important vers le podium pour faire son office d'annonceur. Il fit sonner sa canne de bronze sur les marches de marbre.

– SILENCE, SILENCE, TOUT LE MONDE !

La foule se tut instantanément et le président du tribunal, Gratus, se leva. Il couvrit sa tête chauve avec un pan de sa toge et commença par invoquer les dieux. Flavia se pencha légèrement en avant pour voir l'expression d'Hephzibah.

La jeune esclave se tenait très droite, le menton haut. Elle avait pudiquement recouvert ses cheveux de sa palla de deuil. Elle regardait droit devant elle, et pourtant, elle avait l'air de ne pas voir ses accusateurs, mais plutôt d'être plongée dans le passé.

Gratus termina la lecture de l'acte d'accusation et s'éclaircit la gorge.

– Je voudrais inviter d'abord l'accusation, puis la défense, à présenter leurs exordium. Vous avez chacun le temps d'une clepsydre.

– Une quoi ? demanda Nubia.

– C'est cet objet de cuivre et de verre qui est posé à côté de l'estrade, répondit Flavia.

– C'est une horloge à eau, expliqua Jonathan, qui mesure le temps grâce à l'écoulement de l'eau.

– Et c'est aussi une unité de temps, conclut Aristo. Il y a à peu près trois clepsydres dans une heure.

– Ensuite, continuait Gratus, nous entendrons les preuves. Chacune des parties aura trois clepsydres pour sa démonstration. L'accusation peut commencer, conclut-il en se tournant vers le côté de Nonius.

Praeco se leva et fit retentir sa canne de bronze sur le sol de marbre.

– L'AUDIENCE EST OUVERTE! MARCUS FABIUS QUINTILIANUS VA PRENDRE LA PAROLE POUR L'ACCUSATION!

Quand le célèbre Quintilien se leva, une rumeur d'excitation parcourut la salle comme une vague sur la plage. Chacun brûlait d'entendre le plus grand orateur de Rome.

C'était un homme grand, solidement charpenté mais pas trop gros, et léger dans ses mouvements. Flavia pensa qu'il devait avoir une quarantaine d'années. Ses cheveux bruns étaient légèrement huilés, et sa toge tombait impeccablement. Il tourna lentement sur lui-même, examinant la foule d'un œil aussi bleu et clair qu'un glacier.

Il ferma les yeux un instant, comme pour savourer le silence respectueux. Enfin, il se mit à parler.

– Estimés président et juges, dit-il d'une voix claire, nous sommes réunis ici aujourd'hui pour une occasion extraordinaire et fort triste. Un crime terrible vient d'avoir lieu à Ostia, le port de Rome. Le crime, un triple homicide, est une occurrence que je n'avais encore jamais rencontrée. Du fait que l'accusée est une esclave, ou du moins, une femme dont le statut n'est pas clair, l'affaire ne pouvait être entendue à Rome.

Je dois avouer que j'ai été si intrigué par ce cas que j'ai quitté mes vignobles de Sabinie pour y participer.

La voix de Quintilien était douce, et pourtant, Flavia voyait les visages attentifs et satisfaits de ceux qui écoutaient depuis les galeries : ils entendaient chaque mot.

– J'ai étudié les rapports, continuait la voix, et je voudrais vous donner un résumé de l'histoire dans un souci de clarifier les choses, pour vous aussi bien que pour moi.

Quintilien désigna d'un geste élégant Hephzibah, assise seule et droite sur son banc.

– Cette fille, Hephzibah bat* David, de Jérusalem, a été vendue aux enchères avec sa mère, sur le marché aux esclaves de Rome, il y a environ un an. C'est Gaïus Artorius Dives, un ex-légionnaire devenu propriétaire terrien, qui les a lui-même achetées. Nous avons ici le document.

Il prit une tablette de cire des mains empressées d'un assistant, l'ouvrit et hocha la tête.

– L'acte de vente statue qu'Hephzibah et sa mère Rachel étaient toutes les deux des couturières et des tisseuses qualifiées. Le prix payé pour les deux était de quatre mille sesterces, c'est-à-dire deux mille chacune. L'acte est authentifié par le signet de Dives, qui représente Hercule portant une peau de lion et brandissant son gourdin.

Quintilien tendit la tablette à un représentant du tribunal; celui-ci la posa sur une petite table devant les juges.

— Un mois plus tard, continua-t-il, la mère de la jeune fille mourait, tuée par la fièvre qui a ravagé Ostia et Rome l'hiver dernier, sans faire de distinction de classe ou de richesse.

— Par Apollon, il est bon! soupira Aristo. L'arôme de la justice lui colle à la peau comme un parfum de prix.

— La fille restait seule, continuait l'orateur, libre de toute surveillance parentale. C'est peut-être la raison pour laquelle elle a décidé de devenir l'épouse de Dives, rien de moins. Les esclaves et les affranchis du domaine disent tous qu'après la mort de sa mère, elle s'est mise à passer de plus en plus de temps avec lui. Seule.

À cet instant, Flavia vit Flaccus se pencher vers Hephzibah pour lui poser une question. Elle hocha la tête et Flavia entendit sa réponse :

— Il aimait bien me parler.

— Puis, un jour, il y a moins d'une semaine, continua Quintilien, on entendit des éclats de voix en provenance de la chambre de Dives. Peu après, un esclave qui travaillait au jardin vit Hephzibah sortir en courant de la pièce, en pleurs, et hurlant : « Je vous déteste ! » Deux jours plus tard, Dives était mort.

Quintilien fit une pause et le public de la basilica tout entière retint sa respiration. Jusque-là, l'orateur n'avait pas cessé d'être en mouvement, le bras droit levé scandant le rythme de ses paroles. Ses mains exprimaient parfaitement ses idées. Mais arrivé à ce point de son discours, il resta complètement immobile, et la foule avec lui. Tout l'auditoire semblait sous son charme, suspendu à ses lèvres.

Il se remit en mouvement, et le public se remit à respirer.

– Mes confrères et moi-même pensons que les choses se sont déroulées ainsi : Hephzibah a essayé de convaincre Dives de l'affranchir et de l'épouser. Une fois mariée, et nommée dans son testament, elle n'avait plus qu'à attendre tranquillement sa mort. Elle serait alors une femme riche. Mais Dives refusa ses avances. Rejetée, honteuse, elle s'enfuit de la chambre en larmes. Deux jours plus tard, tourmentée par la colère et la déception, elle l'étouffait dans son sommeil.

La foule haletait.

– Hephzibah de Jérusalem sait que si son crime est découvert, elle sera châtiée de façon horrible, par crucifixion. Alors, désespérée, elle raconte une histoire : avant de mourir, Dives l'a affranchie. Une fois libérée des astreintes qui lient une esclave à son maître, elle peut s'échapper en toute impunité.

– Qu'est-ce qu'il veut dire ? murmura Nubia dans l'oreille de Flavia.

– Qu'une fois libre, elle peut se sauver très loin.

Avec un large geste du bras droit, Quintilien se tourna vers Nonius, qui, de son œil valide, lançait des regards noirs depuis son banc. L'autre œil s'ornait d'un cocard spectaculaire.

– Le nouveau propriétaire d'Hephzibah lui a demandé une preuve de son statut de femme libre : un certificat de manumission, ou, au moins, le nom d'un témoin. C'était une requête tout à fait raisonnable, mais Hephzibah de Jérusalem lui parut confuse et gênée. Elle affirme ne pas savoir où se trouve le certificat, et elle a oublié jusqu'au nom du témoin. Enfin, elle se souvient ! C'est, dit-elle, Gaïus Helvidius Pupienus.

La bouche de Quintilien esquissa un sourire.

– Messieurs les juges, dit-il, il n'existe aucune personne de ce nom. Cependant, on retrouve un magistrat d'Ostia, Gnaeus Helvius Papillio, qui fait des affaires avec Dives. Mais au matin de l'audience, le jour même où un simple oui, venant de cet homme, aurait pu prouver sa citoyenneté* romaine, l'infortuné est retrouvé poignardé à mort.

Une rumeur de colère parcourut la salle.

– Le coup était maladroit, et je dirais même qu'il était « faible », comme porté par quelqu'un qui n'avait pas l'habitude de manipuler une épée. Mais s'il fallut des heures au malheureux pour mourir, le coup, si faible qu'il soit, fut pourtant fatal. Quelques heures plus tard, vers midi, le même jour, continua Quintilien de sa voix douce si persuasive, un autre homme, un certain Mercator, trouva la mort dans des circonstances tout aussi brutales. Tué d'un seul coup à la tête dans la cellule de cette fille.

Arrivé à ce point de son discours, Quintilien se tourna vers Hephzibah en mouvement théâtral de félin. Quand la rumeur de la foule se fut calmée, il hocha tristement la tête.

– Jusqu'à la mort de Mercator, personne ne soupçonnait cette jeune fille d'être une meurtrière. Mais après ce dernier crime, qui est si clairement de sa main, la revue des faits nous montre qu'elle est aussi à l'origine des deux autres morts. Et c'est en essayant de couvrir ses traces qu'elle a révélé sa culpabilité.

Quintilien attendit que le murmure du public se calme puis fixa les juges de son regard clair.

– Honorables juges, dit-il, nous mettons notre confiance dans votre intégrité et dans l'équité de votre jugement. Vous allez entendre les preuves, et nous savons que vous allez les examiner avec le plus grand soin, pour rendre votre décision en toute justice.

ROULEAU XIII

C'était maintenant au tour de Flaccus de présenter son cas.

Praeco frappa trois coups et se mit à rugir :

– GAÏUS VALERIUS FLACCUS VA PARLER POUR LA DÉFENSE !

Flaccus se leva, et Flavia vit son dos s'élargir : il prenait une grande inspiration.

– Tu peux y arriver, Flaccus, chuchota-t-elle, le cœur battant. Je sais que tu vas être formidable.

Flaccus se tourna vers l'estrade et s'éclaircit la gorge.

– Honorables juges et président, commença-t-il, vous devez trouver curieux de me voir debout devant vous, vous adressant ma plaidoirie, alors que tous ces grands orateurs et nobles citoyens restent assis.

Un rire parcourut l'auditoire. Quelques juges sourirent, et le président leva un sourcil. Sur son banc, Lynceus regardait son jeune maître, avec l'air de ne pas en croire ses yeux.

– Oh, mon Dieu, non ! murmura Aristo.

– Quoi ? demanda Flavia. Pourquoi ils rient ?

– Il cite Cicéron.

– Et qu'est-ce qu'il y a de mal à ça ? Cicéron est son idole.

– Cicéron est l'idole de tous les étudiants en droit, remarqua Aristo en regardant attentivement le plafond.

– C'est complètement fou de se comparer à Cicéron, c'est montrer un orgueil démesuré, ajouta Jonathan. Même moi, je le sais.

– Ça s'appelle *hubris*, en grec, renchérit Nubia ; c'est vouloir se comparer aux dieux.

– C'est ça, approuva sombrement Aristo. Il pourrait aussi demander à Jupiter de le foudroyer sur place, mais grands dieux, où a-t-il donc la tête ?

– Je ne saurais me comparer à ces personnages prestigieux, poursuivit Flaccus, ni en âge, ni en expérience, ni en influence.

Flaccus réunit son pouce et trois de ses doigts pour porter la main à sa poitrine et la laisser retomber dans un geste d'humilité.

– Non ! Pas les gestes ! chuchota Aristo. Par pitié, pas les gestes !

– Mais un bon rhéteur doit savoir les gestes, insista Flavia. Quintilien lui-même le dit dans le rouleau onze. Les gestes, plus la voix, font l'élocu-

184

tion, et l'élocution est l'élément premier de l'art oratoire.

Flaccus balança le bras de gauche à droite.

– Presque tout le monde ici est convaincu que cette fille est coupable.

Il pivota, faisant virevolter sa toge, et pointa le doigt vers Hephzibah.

– Non, non, non, gémit Aristo. Pas de toge qui virevolte, c'est mauvais !

Flaccus leva l'index de la main droite dans un geste déclamatoire.

– Mais je persiste à dire qu'elle est innocente. Est-ce que je sous-entends par là, dit-il en se désignant du doigt, que j'en sais plus qu'eux ?

Il leva le bras de nouveau, et fit un signe de dénégation avec l'index.

– Pas du tout, parce que, de tous ces hommes, je suis le moins savant. Et si je sais quelque chose – il se tapota le crâne –, ce n'est pas sur un sujet qu'ils ignorent.

– Par Hadès, mais qu'est-ce que c'est que ce charabia ? demanda Jonathan.

Lynceus avait mis sa tête entre ses mains et la foule commençait à glousser bruyamment.

– Je n'en sais rien, marmotta Aristo. Il aurait mieux fait de continuer à citer Cicéron.

– Mais tu disais que c'était de la vanité de citer Cicéron ! protesta Flavia.

– Il vaut mieux être foudroyé d'un seul coup que de mourir lentement, comme Marsyas[1], celui qui a été écorché vif.

– Moi, au contraire, poursuivait toujours Flaccus, je vais vous faire remarquer ce qui doit être remarqué, et dire ce qui doit être dit. Si je me trompe, personne n'en entendra parler, parce que je n'ai pas encore commencé ma carrière publique, et si quelqu'un entend parler de mes erreurs, elles seront mises sur le compte de mon jeune âge.

Flaccus fit face aux juges et prit la pose classique de l'orateur, une main levée pour demander le silence.

– Pourquoi vais-je défendre cette fille ? D'un côté...

– Non, pas ça, gémit Aristo. Par pitié, Apollon, délivre-nous de ce cauchemar !

Flaccus n'avait pas terminé son exordium quand la clepsydre fit entendre un tintement. Praeco hurla :

– C'EST L'HEURE !

Flaccus désigna l'estrade d'un signe de tête et se retira vers son banc. L'air éperdu, il transpirait abondamment. Flavia lui sourit pour l'encourager, mais il

---

1. Satyre de la mythologie qui a proposé à Apollon un concours du meilleur musicien. Il perdit ; en guise de punition, il fut écorché vif.

186

n'eut pas l'air de s'en rendre compte. Elle savait qu'il en avait très peu dit sur l'affaire.

– L'ACCUSATION VA PARLER ! annonça Praeco.

Sur les bancs qui leur faisaient face, ils virent se lever Lucius Cartilius Poplicola.

Tout était maigre en lui : sa stature, ses cheveux, son sourire, ses yeux. Il se tourna vers l'estrade.

– Monsieur le président, dit-il d'une voix nasillarde, honorables juges, hommes d'Ostia, et, oh ! femmes d'Ostia aussi...

Il se tourna vers le banc de la défense avec une moue moqueuse.

– C'est une triste histoire que je dois vous conter aujourd'hui. Une histoire de cupidité et de corruption. Une histoire qui parle du parasite étranger qui a fait son nid en notre sein, qui s'est introduit dans notre société et qui menace de ronger l'essence même de notre vertu romaine.

« Cette femme, cette esclave, cette athée, cette juive, s'écria-t-il en montrant Hephzibah, a commis le crime le plus terrible. Elle a commis l'homicide. Et pas n'importe lequel : elle a tué un citoyen romain. Et pas un citoyen, mais trois ! En trois occasions, elle a frappé à mort des citoyens comme vous et moi.

« Pourquoi, vous demandez-vous, voyons-nous au tribunal quelqu'un qui appartient à la classe des

187

humiliores[1] ? Pourquoi n'est-elle pas tout simplement crucifiée ? Chers amis, nous ne le pouvons pas. Parce qu'elle prétend avoir été affranchie par son maître, juste avant la mort de ce dernier.

Poplicola fit face au dais.

– Oui, elle dit qu'elle est libre. Elle aspire à appartenir aux classes élevées. Mais vraiment, mes amis, pouvez-vous l'imaginer en honnête citoyenne ? Regardez par exemple la fine équipe qui se tient derrière elle sur le banc de la défense. Ceux-là vont nous fournir une bonne indication de sa moralité, car nous savons que la réputation et la personnalité se jugent souvent aux fréquentations d'un individu. Je ne connais pas ces gens, mais mon ami et confrère les connaît. Je donne donc la parole à un magistrat estimé, Marcus Artorius Bato.

Marcus Artorius Bato était un homme petit, aux yeux brun clair et aux cheveux clairsemés. Flavia savait qu'il était intelligent, brave et honorable. Il les avait aidés à résoudre un mystère en plus d'une occasion.

Flavia lui fit un sourire et un petit signe quand il se leva, mais il ne daigna pas voir son salut. Il se tourna vers les juges.

1. Qualifie les basses classes de la société romaine et ceux qui occupent des fonctions humiliantes, comme les acteurs de théâtre.

– Messieurs, déclara-t-il, je ne connais pas l'accusée, Hephzibah de Jérusalem, mais je connais ses amis et ceux qui la soutiennent. J'ai été invité à parler d'eux. Comme mon estimé confrère l'a fait remarquer, on peut souvent juger quelqu'un en sachant qui il ou elle fréquente. Voyons d'abord ce jeune avocat, dit Bato en faisant un geste vers Flaccus. À l'âge de vingt-cinq ans, le grand Cicéron se considérait encore incapable de plaider sa première affaire. Or je sais que ce jeune homme n'a même pas vingt ans. Ce n'est qu'un adolescent, messieurs ! Et pourtant, ce jeune coq se redresse et ose se tenir devant cette cour en défenseur.

Flavia eut un hoquet, et elle chuchota à Aristo :

– Mais comment peut-il dire des choses pareilles ? Flaccus l'a aidé à sauver les enfants enlevés à Rhodes ! Je croyais qu'ils étaient amis !

Aristo haussa les épaules.

– Ça se passe toujours ainsi. La diffamation est l'une des techniques de base de tout avocat. Imagine ! Si tu peux prouver que les amis de ton adversaire ont mauvaise réputation, tu n'es pas loin de montrer que lui-même ne vaut rien non plus. Ça te donne une meilleure chance de gagner.

– Par exemple, continua Bato, j'ai eu l'occasion d'apprendre que notre jeune avocat a fait son esclave d'un très beau et jeune garçon, qui était né libre.

– Mais Flaccus ne savait pas que Zéthès était libre ! s'écria Flavia, au milieu du brouhaha scandalisé de la foule. Et il l'a libéré à la minute où il l'a appris.

– Ils déforment toujours la vérité, répondit Aristo. C'est leur modus operandi[1].

– Je me demande, continuait Bato, si le vieil homme distingué qui est assis derrière lui n'est pas le frère de notre empereur, porté disparu depuis de longues années après avoir été enlevé tout enfant par des pirates.

Lynceus eut d'abord l'air surpris, puis il sourit. La foule se mit à rire et applaudit le trait d'esprit.

– Ce n'est pas seulement amusant, c'est malin, remarqua Aristo. Il met les rieurs de son côté, en leur servant un hors-d'œuvre de ragots croustillants.

Mais le sourire d'Aristo se figea quand l'orateur se tourna vers lui.

– Ce jeune homme aux cheveux bouclés et à la tunique… comment dirais-je… très courte, sous son manteau rouge, c'est Aristo, fils de Diogène.

Bato jeta un rapide coup d'œil aux juges.

– Je n'insisterai pas sur le fait que cette Hephzibah la juive compte manifestement de très beaux jeunes hommes parmi ses amis. Je dirai simplement qu'Aristo est grec, messieurs, mesdames, de Corinthe[2]. Et nous

---

1. Expression latine signifiant « manière d'opérer » ou « méthode pour faire quelque chose ».
2. Port de commerce très actif, en Grèce, capitale de la province romaine d'Achaïe, dans le sud du pays, célèbre pour sa vie très libre et pour ses belles prêtresses d'Aphrodite.

savons tous ce qu'on dit des Corinthiens. Il ne fait pas de doute que ce jeune homme a dû aller visiter l'Acrocorinthe[1] de temps en temps.

Bato eut un haussement de sourcils en direction des juges, avant de sourire à la foule qui se mit à rire.

Flavia jeta un coup d'œil timide à Aristo.

– Ça fait partie de la procédure, dit celui-ci avec raideur, je ne le prends pas pour une insulte personnelle.

Bato redevint sérieux.

– Mais les visites aux filles de Vénus ne sont rien à côté de ce qui s'est passé en mai, il y a seulement six mois. Mes informateurs m'ont dit qu'Aristo avait été impliqué dans une affaire de coups de poignard !

Aristo ne souriait plus, et Flavia remarqua qu'un muscle de sa mâchoire se crispait.

– Est-ce là le genre de personnes que l'accusée compte parmi ses amis ? reprit Bato en hochant la tête tristement. Et cette femme, assise près d'elle ? Susannah bat Jonah. Bat Jonah ? Ce n'est pas un nom très romain, n'est-ce pas ? Bien qu'elle ait depuis peu retrouvé son mari, Susannah bat Jonah ne se conduit pas comme une matrone respectable. Pourtant, ça

---

1. Montagne spectaculaire en forme de pain de sucre qui s'élève au-dessus de Corinthe ; site d'un sanctuaire et d'un célèbre temple d'Aphrodite fréquenté par de superbes prêtresses.

n'a rien pour nous surprendre, puisque cette femme est une juive, et qu'elle était une esclave il y a encore peu de temps. Vous la reconnaissez peut-être, messieurs les jurés, car on la voit souvent courir la ville, à peine voilée, sans même un panier ou un paquet de linge pour servir de prétexte à ses errances. Où va Susannah bat Jonah, et avec qui ? Il vaut peut-être mieux n'en rien savoir.

Flavia jeta un coup d'œil à Jonathan. Il était très pâle, et il devint encore plus blanc quand Bato continua.

– Son fils est assis sur le banc derrière elle. On raconte que c'est lui qui fut à l'origine de l'incendie de Rome, qui a tué vingt mille personnes l'année dernière.

Un murmure de colère enfla dans la foule, qui n'était plus d'humeur à rire.

Bato désigna Lupus.

– Ce garçon, assis aux côtés de Jonathan, peut vous paraître familier. Jusqu'à il y a peu, il était le plus connu des jeunes mendiants et voleurs de la ville d'Ostia. Il est muet, messieurs les jurés, non par nature, mais parce qu'il a eu la langue coupée ! Je n'ai pas besoin de vous rappeler qu'on coupe habituellement la langue des blasphémateurs.

– Ce n'est pas vrai pour Lupus ! murmura Flavia, furieuse. Je ne peux pas croire qu'il raconte des choses pareilles ! C'est injuste !

– Je sais aussi de source sûre que ce jeune Lupus a essayé de prendre un assassin à son service l'an dernier. Ce jeune loup voulait payer pour faire tuer quelqu'un.

– Ouh ! Honteux ! cria la foule.

– Quant à cette fille à la tunique jaune et à la peau foncée, c'était une esclave jusqu'à avant-hier soir. Elle a été affranchie à la hâte, pour ne pas avoir à produire son témoignage auprès de ce tribunal !

– Par le paon de Junon ! s'écria Flavia. Ce doit être lui qui a dénoncé Nubia ! Comment a-t-il pu faire une chose pareille ?

– Enfin, reprit Bato, cette jeune personne en tunique grise et palla bleue… Que dire de Flavia Gemina ?

ROULEAU XIV

En entendant prononcer son nom, Flavia sentit ses joues s'enflammer et ses mains devenir froides.

– Flavia Gemina est la fille de Marcus Flavius Geminus. Elle appartient à la bonne société et elle est en âge de se marier. Que fait-elle à courir librement dans la ville, sans surveillance ni chaperon, en prétendant résoudre des mystères ?

– Je n'ai pas l'âge de me marier ! protesta Flavia.

Si Aristo ne l'avait pas retenue d'une main ferme posée sur son bras, elle se serait levée pour le traiter de menteur.

– Elle met son grand nez dans les affaires d'autrui, et je ne vous dirai pas ce que ses prétendues enquêtes peuvent coûter en impôts aux citoyens de la ville, quand elle s'avise de déranger un magistrat, moi-même par exemple, pour lui demander son aide.

Flavia se sentit rougir d'humiliation et de rage, et se couvrit le visage de ses mains.

– Voilà le lot, dit Bato aux juges : si la moralité d'une personne se définit par celle de ses amis,

Hephzibah la juive est donc criminelle, sans moralité, incendiaire, blasphématrice, c'est une esclave et une insupportable fouineuse. Ai-je besoin d'en dire plus, messieurs les juges ? Je ne le pense pas !

L'air content de lui, Bato accepta les compliments de ses confrères et reprit son siège.

Puis ce fut le tour de Lucius Cartilius Poplicola.

– Monsieur le président, honorables juges, mon estimé confrère vous a parlé des amis d'Hephzibah bat David. Maintenant, je vais vous parler d'elle. D'abord, ses origines. C'est une esclave, certes, mais pas n'importe laquelle. Non, comme je l'ai déjà dit, c'est une juive. Elle appartient à une race d'athées, qui ne croient en aucun de nos dieux. C'est une race rebelle aussi, certains diront que c'est le peuple le plus rebelle que les Romains aient jamais conquis. Ceux d'entre vous qui ont perdu des frères, des pères et des oncles dans la rébellion juive, il y a bien des années, ne diront pas le contraire.

Une vague d'applaudissements se répercuta dans la basilica.

– Parmi les rebelles, l'un des pires était un juif appelé Eléazar. Un zélote, un assassin, un sicaire. Un homme qui avait fait le vœu de tout faire pour détruire «l'oppresseur romain». Cela peut vous intéresser de savoir que cette fille, dit-il en montrant Hephzibah du doigt, est sa petite-fille !

De la foule haletante partit une salve de cris de colère.

Aristo regarda les gradins.

– Je doute qu'un seul d'entre eux ait entendu parler d'Eléazar avant aujourd'hui.

– Eléazar, continuait Poplicola de sa voix nasale, avait juré que rien ne l'arrêterait, et qu'il tuerait autant de Romains qu'il le pourrait. Il avait également fait jurer ses proches ! Cette fille a la rébellion dans le sang, messieurs, et une haine meurtrière à l'égard des Romains. Mais nous faisons venir nos ennemis chez nous. Nous les laissons préparer nos repas, nous habiller, nous baigner, s'occuper de nos enfants. Nous les réchauffons comme des vipères sur notre sein ! conclut-il en ramenant ses mains contre sa poitrine dans un geste théâtral.

Une rumeur de colère émanait de la foule, comme le tonnerre, et Poplicola attendit qu'elle se calme avant de reprendre :

– Hephzibah la juive, petite-fille d'Eléazar le zélote, née à Jérusalem, cité rebelle, est à présent devant vous, accusée d'un triple homicide. Savez-vous ce que ces trois victimes avaient en commun ? L'un était un riche propriétaire, qui vivait en reclus, l'autre un magistrat, le dernier un honorable marchand. Allez-vous deviner ce qui les réunissait ?

Poplicola se tint un instant immobile, la main gauche soutenant sa toge, la main droite levée, paume vers le ciel, en un geste d'interrogation.

– Les trois victimes ont pris part au siège de Jérusalem ! Chacun d'entre eux a joué un rôle dans la destruction de la ville natale de l'accusée, et maintenant, ils sont tous morts !

La foule se mit à glapir, mais Flavia retenait son souffle, terrifiée. Se pouvait-il que Poplicola ait raison ? Avaient-ils tous commis une terrible erreur, et Hephzibah était-elle vraiment une criminelle ?

Ensuite, Poplicola appela des témoins : des affranchis, des commerçants, et même un décurion, qui affirmèrent tous avoir entendu Hephzibah jurer de se venger de ceux qui avaient détruit sa ville.

Sur son banc, Hephzibah secouait la tête, et comme elle se tournait vers Flaccus, Flavia l'entendit lui dire :

– Je n'ai jamais vu aucun de ces hommes !

– Qu'est-ce qui se passe, Aristo ? demanda Flavia.

– Je pense que ces hommes ont été achetés, répondit-il d'un air sombre. On les a soudoyés pour qu'ils témoignent contre elle.

– Même le décurion ?

Aristo hocha la tête tristement.

– Ils ont dû payer une fortune pour avoir son témoignage.

– Mais c'est malhonnête !

– Et ils ont sûrement payé des spectateurs aussi.

– Mais pour quoi faire ?

– Pour applaudir et huer aux moments appropriés.

– On peut faire ça ?

– Oui, on peut.

– Enfin, messieurs, ajouta Poplicola, tandis que le décurion reprenait sa place sur le banc de l'accusation, je voudrais conclure mon argument avec une histoire de bravoure et de lâcheté. Même les vipères rebelles voient parfois qu'elles ont fait fausse route. Je vais vous raconter l'histoire de Massada, une place forte dans le désert de Judée. Beaucoup d'entre vous s'en souviennent, car c'est arrivé il y a sept ans seulement. Après la destruction de Jérusalem, un millier de rebelles juifs s'est enfui dans le désert jusqu'à cette forteresse. Ils se sont enfermés là pendant trois ans, défiant l'armée romaine. Mais le pouvoir de Rome est invincible ! s'écria-t-il en frappant du poing contre sa cuisse.

« Après avoir essuyé beaucoup de revers et perdu beaucoup d'hommes, notre armée construisit une rampe et démolit les murailles. C'est alors que les rebelles firent une chose que notre grand Sénèque[1] n'aurait pas manqué de louer. Ils choisirent le moyen

---

1. Lucius Annaeus Seneca (v. 4 av. J.-C.-65 apr. J.-C.), philosophe stoïcien et auteur de tragédies, était le tuteur de Néron et l'oncle de Lucain ; dans ses livres, il parle de la vie mais aussi de la manière de bien mourir.

par lequel ils allaient mourir. Ils se suicidèrent. Oui, ils décidèrent tous d'affronter la mort plutôt que la captivité et l'esclavage. Même les petits enfants exposèrent leurs gorges au couteau, bravement, comme des agneaux qu'on sacrifie. Près d'un millier de juifs courageux, messieurs, moururent à Massada. Tous, sauf sept. Sept lâches se sont cachés comme des animaux, trop effrayés pour faire face courageusement à la mort.

Poplicola se tourna vers Hephzibah.

– Et cette créature, cette juive, était l'une des sept !

Une rumeur hostile enflait dans la basilica.

Mais un autre son, qui ressemblait au cri d'un animal blessé, couvrit bientôt la rumeur, prit du volume, résonna dans le vaste espace de la basilica et fit s'envoler les pigeons.

C'était un hurlement qui donna la chair de poule à Flavia. Elle ne comprit pas tout de suite d'où il venait.

Mais quand Hephzibah se leva de son banc et déchira sa palla, elle sut.

Hephzibah était tombée à genoux sur le marbre glacé. Elle avait déchiré le haut de sa stola noire et détaché brutalement le filet qui retenait ses cheveux, qu'elle saisit à poignées pour les arracher. En hurlant toujours, elle commença à se griffer les joues, puis releva son visage baigné de larmes et se mit à gémir. La foule était maintenant complètement silencieuse, stupéfaite et émue par la douleur crue de la jeune fille. Certains reconnaissaient dans ses plaintes le son d'une voix de mère qui perd son bébé, d'un enfant qui a perdu son parent.

Flavia sentait les larmes lui piquer la gorge.

Les cris d'Hephzibah changèrent et devinrent des lamentations prononcées dans une langue étrangère. Elle répétait toujours la même phrase, quelque chose comme « Aïe-kach yash-va-badad ha-hir, raba-ti am haï-ta. » Elle la répétait en sanglotant, comme si son cœur allait se briser.

Flavia vit le visage stupéfait de Poplicola. Il ne s'attendait pas à ça. Comme il repliait sa toge avec des gestes de colère, l'assistance se remit à huer. C'était peut-être un signal secret ?

Susannah, à genoux devant Hephzibah, essayait de la réconforter. La jeune fille était inconsolable.

Flaccus se dirigea rapidement vers l'estrade et dit quelque chose au président. Flavia n'entendit pas ce qu'il disait, mais elle vit Gratus hocher la tête et se tourner vers Praeco, qui fit sonner son bâton de bronze.

– SILENCE ! CETTE SÉANCE EST AJOURNÉE JUSQU'À DEMAIN MATIN À LA QUATRIÈME HEURE. SILENCE !

Hephzibah était si choquée qu'ils durent louer une litière pour la ramener rue de la Fontaine-Verte.

Susannah marchait d'un côté de la litière, Flaccus et Lynceus de l'autre. Flavia et ses amis suivaient derrière.

Flavia tira sur la manche de tunique de Jonathan.

– Qu'est-ce qu'elle disait, à la basilica ? C'était de l'hébreu ?

– Oui, c'était un verset tiré des Écritures : « La cité qui était si peuplée est maintenant déserte. »

– Jonathan, chuchota Flavia après un silence, tu crois qu'Hephzibah aurait pu tuer ces trois hommes ? Pour se venger de ceux qui ont détruit sa ville ?

Jonathan haussa les épaules, la tête baissée. Flavia le sentait profondément bouleversé par l'éclat de la douleur d'Hephzibah, et aussi par le fait que sa propre culpabilité avait été dénoncée publiquement.

– Si quelqu'un détruisait Ostia, j'en serais malade, continua Flavia.

Elle regarda autour d'elle. Au-dessus de leurs têtes, le ciel était d'un bleu lumineux qui contrastait joliment avec le rouge orangé des toits de tuiles et le vert profond des pins parasols qu'elle aimait tant. Chaque maison avait son jardin intérieur, et les pins entouraient la ville de leurs frondaisons. Même les gribouillages infamants sur les murs ajoutaient une note vivante et colorée. Les femmes se réunissaient autour de la fontaine verte pour remplir leurs amphores et laver leur linge, riant et bavardant.

– C'est bizarre, dit soudain Jonathan en relevant la tête, je me demande comment un affranchi comme Mercator a pu combattre dans les guerres juives ? Les esclaves ne sont pas admis dans l'armée.

– Il a pu être engagé comme auxiliaire, dit Aristo, comme archer ou comme porteur de fronde.

– À moins que Poplicola n'ait menti, à ce propos comme à d'autres, remarqua Flavia.

– Pauvre Flaccus, murmura Nubia. Il est très malheureux.

– Tu as vu la tête qu'il a faite quand elle s'est mise à pleurer ? demanda Jonathan.

Lupus hocha la tête.

– Grâces soient rendues à Apollon, il a eu la présence d'esprit de demander l'ajournement jusqu'à demain, dit Aristo, c'était la seule chose à faire.

Flavia regarda Flaccus qui marchait devant elle. Son dos n'exprimait qu'une chose : le découragement le plus profond.

– Pauvre Raplapla, murmura-t-elle doucement, mon pauvre Raplapla chéri.

En arrivant chez eux, ils furent accueillis par les aboiements extatiques des chiens, et par le père de Flavia, qui venait de rentrer et enlevait sa toge de cérémonie dans l'atrium.

– Le procès est terminé ? demanda-t-il en tendant sa toge à Caudex.

– Ajourné jusqu'à demain, répondit Aristo, mais les choses ne se présentent pas bien.

– Oh, Pater ! s'écria Flavia, c'était terrible ! Bato, le magistrat, a dit des choses horribles sur tout le monde, et un affreux avocat, Poplicola, a failli rendre Hephzibah folle avec ses accusations. Si tu l'avais entendue gémir, c'était affreux !

– C'est ce que font les avocats, remarqua Marcus. C'est pourquoi je n'ai jamais voulu exercer ce métier.

Il passa un bras sur les épaules de sa fille.

– Allons, ma petite chouette, courage ! J'ai de bonnes nouvelles : tu sais que je reviens de la cérémonie donnée pour la signature du testament de Cordius ?

Flavia hocha la tête sans cesser de serrer son père dans ses bras.

– Cordius m'a fait une généreuse donation, à moi et aux six autres.

– Quels six autres ? demanda Nubia.

– Eh bien, les six autres témoins, naturellement, répondit Marcus en souriant. Chaque fois qu'un testament est rédigé ou modifié, on a besoin de sept témoins romains pour le ratifier. Ce n'est pas la première fois que j'agis en tant que témoin, mais c'est la première fois que j'en suis bénéficiaire.

Flavia se redressa pour regarder son père sérieusement.

– J'espère que tu ne vas pas devenir un captateur d'héritage, Pater.

– Quoi ?

– Un captateur d'héritage !

Marcus éclata de rire.

– Bien sûr que non ! Cordius est mon patron, et je bénéficie de sa générosité tant qu'il est en vie, pas quand il sera mort.

Nubia posa sa main sur le bras de Flavia.

– L'homme au papillon a dit : « Trouvez les six autres. »

Flavia fronça les sourcils.

– Quoi ?

– Ton père parle de six témoins, plus lui.

Flavia regarda Nubia un instant sans comprendre, puis son visage s'éclaira.

– Par Junon ! Tu as raison ! Papillio a dit : « Trouvez les six autres » ! Nubia, tu es un génie !

– Que se passe-t-il ? demanda Marcus. De quoi parlez-vous ?

– Papillio, l'homme que Nubia a trouvé mourant, a dit : « Trouvez les six autres. » Il a dû être le témoin d'un testament.

– Quel testament ? demanda Jonathan.

– Mais celui de Dives, bien sûr ! Ça ne peut pas être autre chose !

– Mais Dives n'a pas fait de nouveau testament, objecta Aristo. S'il y en avait un, on le saurait, l'un des témoins en aurait parlé.

– Oh ! s'écria Flavia, une main sur la bouche.

– Quoi ? demandèrent ensemble Jonathan, Aristo et Marcus.

– C'est pour ça qu'on l'a tué !

– Quoi ?

– Papillio n'a pas été tué parce qu'il était témoin de la manumission d'Hephzibah, mais parce qu'il était témoin du nouveau testament de Dives !

Ils restèrent tous à se regarder, muets, puis Marcus fit non de la tête.

– C'est très peu probable. Si quelqu'un voulait dissimuler un testament, il devrait tuer les sept témoins, et le testateur.

– Mais le testateur est mort ! répliqua Flavia. Et Papillio aussi, et… oh !

– Quoi ? s'écrièrent-ils tous d'une seule voix.

– L'autre victime, Mercator. C'était l'un des affranchis de Dives. Pater, est-ce qu'un homme peut demander à ses affranchis d'être témoins de leur testament ?

– Ça arrive très souvent, en effet. S'ils sont citoyens romains, la loi n'en exige pas davantage. Ce matin, trois des témoins de Cordius étaient des hommes qu'il avait affranchis.

– Alors c'est ça ! s'écria Flavia, hors d'haleine. Nous avons trouvé le mobile des crimes ! Quelqu'un tue les témoins du nouveau testament. Et si ma théorie est la bonne, conclut-elle en les regardant tous de ses grands yeux gris, ça veut dire que cinq citoyens romains sont aujourd'hui en danger de mort !

ROULEAU XV

– Si ta théorie est juste, dit Jonathan, où sont les cinq autres témoins ? Pourquoi ne se font-ils pas connaître ?

Lupus fit signe d'égorger quelqu'un en glissant le tranchant de sa main droite contre son cou.

Ils le regardèrent, les yeux ronds.

– Tu crois que le meurtrier les a tous déjà tués ? demanda Flavia.

Lupus hocha vigoureusement la tête.

– Tous les cinq ?

Nouveau hochement de tête.

– Alors où sont les corps ? demanda Aristo. Nous n'avons pas entendu parler d'un troisième meurtre à Ostia, en plus des deux que nous connaissons. Nous le saurions s'il y en avait eu d'autres, n'est-ce pas ?

– Voulez-vous que je coure jusqu'au forum, pour demander au crieur de la ville s'il a eu vent de quelque chose ? demanda Jonathan.

– J'ai une meilleure idée, dit Flavia, qui se mit à appeler : ALMA !

– Flavia, inutile de beugler, fit remarquer son père, je t'ai déjà dit que tu dois te déplacer pour aller voir la personne à qui tu veux parler.

Marcus se dirigea le premier vers le jardin intérieur, Flavia à sa suite.

Alma apparut à la porte de la cuisine, un poulet à demi plumé à la main.

– Oui, ma chérie? demanda la vieille nourrice.

– Alma, y a-t-il eu d'autres meurtres à Ostia récemment?

– Non, seulement les deux que nous connaissons. Je n'ai entendu parler de rien d'autre à la fontaine.

– Les amies qu'Alma retrouve à la fontaine sont toujours au courant de tout, et même avant Praeco, expliqua Flavia à ses amis.

– Mais si elles ne savent rien de nouveaux meurtres, c'est peut-être que l'assassin a caché les corps.

– Ou peut-être que les témoins sont vivants, et qu'ils se cachent, de peur d'être tués? suggéra Nubia.

– Pourquoi se cacheraient-ils? demanda Aristo. Tu crois qu'ils savent que quelqu'un essaie de les tuer?

– C'est peu probable, là encore, remarqua Marcus. Si cinq hommes se savaient en danger de mort, on peut penser qu'au moins l'un d'eux irait dénoncer les faits aux autorités.

– Ils n'en savent peut-être rien, dit Flavia. Ils ne vivent pas nécessairement à Ostia. Dives est peut-être allé au port pour chercher des étrangers de passage, ou des marchands en voyage, comme Mercator !

– La saison des voyages par mer est terminée depuis des semaines, remarqua Marcus. La plupart des marchands itinérants sont de retour en Italie maintenant, sauf ceux qui sont installés à l'étranger.

– Pourtant, ça vaut la peine de faire des recherches. Qu'en pensez-vous, Marcus ? demanda Aristo.

Le père de Flavia hocha la tête.

– Oui, oui, je suis d'accord. Je connais le capitaine du port, et je sais quels bains il fréquente. Je vais lui demander une liste des marchands qui auraient pu faire affaire avec Dives.

– Et moi, je vais aller à la basilica, pour voir si l'on a déclaré des décès récemment, dit Aristo.

– Si tu vois Bato, dit Jonathan, donne-lui un bon coup de poing dans le nez.

Lupus éclata de rire, et Nubia se plia en deux, mais Flavia gardait son sérieux, toute pensive.

– Je connais cet air-là, lui dit son père. Je ne veux pas que tu ailles te promener partout dans Ostia, ma fille. Laisse-nous faire, nous autres les hommes.

– Nous n'avons pas besoin d'aller nous promener dans Ostia, nous avons seulement besoin d'aller chez nos voisins. Hephzibah a été l'esclave de Dives pendant un an, elle connaît peut-être le nom de certains de ses affranchis, ou de ses clients. Pater, s'il te plaît, pouvons-nous aller chez Jonathan ?

– Vas-y, dit son père en déposant un baiser sur ses cheveux.

– Et pendant que tu es chez Jonathan, conseilla Aristo, explique ta théorie à Flaccus, avant qu'il décide de mettre fin à ses jours d'un coup d'épée.

Flavia, Jonathan et Nubia trouvèrent Flaccus dans la salle à manger. Il se cachait le visage entre les mains. À côté de lui, une assiette de pain et de fromage de chèvre n'avait pas été touchée.

– Allons, courage, Flaccus, dit Flavia. Nous avons du nouveau ! Voilà Delilah avec des boissons chaudes, une infusion de menthe à en juger par l'odeur.

Flaccus ne releva pas la tête.

– Aucune importance, tout est fini. J'ai perdu cette affaire, c'est un désastre. Je suis discrédité pour toujours. Qu'est-ce qui m'a pris d'accepter de la plaider ?

– Ne dis pas ça ! ordonna Flavia.

Elle prit deux gobelets sur le plateau de Delilah, et en posa un sur la table devant lui.

– Nous n'avons pas encore perdu, affirma-t-elle en s'installant près de lui sur un coussin.

– Ne sois pas si pessimiste, ajouta Jonathan en s'asseyant de l'autre côté.

– Gaïus, dit Flavia en posant une main sur le bras de Flaccus, nous savons ce que voulait dire Papillio en mourant.

Flaccus la regarda.

– Il a dit qu'il fallait trouver les six autres, proposa Nubia.

Flavia hocha la tête.

– Nous pensons qu'il voulait parler des six autres témoins qui ont signé le testament.

– Quel testament ? demanda Flaccus.

– Le nouveau testament de Dives. Nous pensons que Mercator était l'un des signataires que Papillio nous a dit de chercher, et que c'est pour cette raison qu'il a été tué.

– Par Hercule ! dit Flaccus en se redressant, vous pourriez avoir raison ! Il ne faut qu'un témoin pour une manumission, mais il en faut sept pour un testament.

– Pater et Aristo sont allés en ville à la recherche d'autres témoins, ou d'une copie du nouveau testament. Et, ne le répète à personne, mais Lupus est allé fureter, lui aussi.

– Un nouveau testament ! répéta Flaccus en la regardant fixement. Par Hercule ! Un nouveau testament !

– Oui, et si Dives a changé son testament, nous savons ce que ça veut dire, n'est-ce pas ?

– Ça veut dire que nous savons qui est le coupable !

211

Lupus courait dans les rues d'Ostia.

Les gongs venaient de sonner midi, et le soleil hivernal réchauffait doucement les pavés. Dès qu'il se cacherait derrière les murailles de la ville, l'air deviendrait froid, mais pour le moment, il faisait encore bon. C'était un temps idéal pour aller à la chasse. La journée était si claire que Lupus distinguait chaque aiguille de pin, chaque brique et chaque feuille tombée sur les pavés.

Il n'avait pas déjeuné, et son estomac vide le rendait léger. Les sens en alerte, il se sentait comme un loup lancé sur une piste, excité par la chasse. Il sourit.

Il arriva sur la Decumanus Maximus, la route principale d'Ostia, et tourna à gauche, en direction du port. Il louvoya entre les citoyens qui se rendaient aux bains, écouta le bruit des volets qu'on ouvrait devant les boutiques, respira l'odeur des saucisses grillées, du pain frais et du vin épicé.

Laissant à sa droite le théâtre, les fontaines et la place aux quatre temples, il arriva devant le forum. À sa gauche, une petite foule était encore rassemblée devant la basilica, mais la plupart des hommes se dirigeaient vers les bains.

Avec sa bonne vue, Lupus distingua Poplicola au centre d'un groupe. Il courut sous le portique et s'approcha en se cachant derrière les colonnes.

Bientôt, il fut assez près pour entendre la voix nasale de Poplicola :

– C'est ce que j'ai dit ; trois sesterces. Pas plus. Revenez demain, et vous aurez la même chose.

Lupus ouvrit tout grand les yeux. Poplicola était en train de distribuer à la ronde des pièces de bronze. Cet homme au crâne chauve avait assisté au procès. Et ce grand Africain, et aussi l'homme qui avait des verrues sur le nez. L'homme aux verrues avait hurlé plus fort que les autres.

Poplicola était en train de payer les hommes à qui il avait demandé d'applaudir et de huer.

– Qui est le meurtrier ? demandèrent Jonathan et Nubia.

Flavia ouvrit la bouche pour répondre, mais fut interrompue par le cri de Flaccus :

– Non !

Tous les enfants le regardèrent.

– Je ne veux pas tenter les Parques en disant son nom, expliqua-t-il. Si nous avons raison, il va nous falloir des preuves. Et je veux parler à Hephzibah. J'ai l'impression qu'elle me cache quelque chose.

– Où est-elle ? demanda Flavia.

– Elle est en haut. Elle était complètement bouleversée. Jonathan, ton père lui a donné un sédatif, avant d'aller chercher Miriam.

– Miriam s'occupe de l'accouchement de cette esclave au domaine de Nonius, fit remarquer Flavia.

– Oui, nous le savons, mais la pauvre Hephzibah l'appelait en pleurant.

– Si mon père lui a donné un sédatif, dit Jonathan, nous ne pourrons pas lui parler avant des heures.

– Pollux ! s'écria Flavia, dépitée. Nous ne pouvons pas rester assis là tout l'après-midi sans rien faire ! Nous devons mettre la main sur le nouveau testament.

– Aristo nous a interdit de quitter la maison, rappela Nubia.

– Je sais, dit Flavia. Réfléchissons.

Elle se mit à marcher de long en large, et s'arrêta devant Flaccus.

– Où les gens conservent-ils leurs testaments ?

– Beaucoup de gens les gardent chez eux. Mais il vaut mieux les placer dans un temple, c'est plus sûr.

Flavia hocha la tête.

– Si jamais, un jour, tu venais à faire un testament...

– J'en ai fait un, dit tranquillement Flaccus.

– Vraiment ?

Flavia sentit son cœur se serrer.

– Moi aussi, affirma Nubia.

– Et moi aussi, ajouta Jonathan.

Flavia les regardait, incrédule.

– Vous avez tous rédigé votre testament ?

Ils hochèrent la tête ensemble.

Flavia alla s'effondrer sur le coussin le plus proche. Elle s'adressa à Flaccus.

– Tu n'es pas malade, n'est-ce pas ? Pourquoi faire un testament ?

– Mon père est mort l'année dernière. C'est le devoir d'un Romain, son munus, de faire un testament.

– C'est ton devoir de laisser de l'argent à des gens ?

– Il ne s'agit pas seulement d'argent, ou de biens. Il s'agit de continuer une lignée, de conserver l'esprit de la famille, d'honorer ses ancêtres.

– Alors qui… qu'est-ce que… ?

Flaccus sourit.

– J'ai désigné mon cousin comme héritier. Si je meurs, il poursuivra l'exercice des devoirs sacrés qui sont dus à mes ancêtres. Il héritera de ma maison à Rome, de ma villa à Comum et de la plus grande part de mes biens et de ma fortune.

Flavia avala sa salive.

– Et tu le conserves dans un temple ?

– Oui, répondit Flaccus en étalant un peu de fromage sur du pain. Au temple de Vesta[1]. Aux bons soins des vestales.

---

1. Déesse de la maison et du foyer (où l'on faisait le feu), connue sous le nom d'Hestia chez les Grecs. On voit encore à Rome les ruines de son temple.

– C'est un temple rond, sur le forum ? demanda Jonathan.

– Oui. Beaucoup d'hommes de ma classe sociale gardent leurs testaments dans ce temple.

– Ainsi, Dives aurait pu également y mettre le sien ?

– Pas nécessairement au temple de Vesta, mais dans n'importe quel temple, répondit Flaccus en prenant une poignée de mûres séchées.

– Ça n'aide pas beaucoup. Il y a des centaines de temples à Rome, sans parler des autels et des tombes sacrées.

– Les autels et les tombes ne comptent pas, reprit Flaccus. Il faut un prêtre, ou une prêtresse, pour surveiller vos documents. Ça veut dire que vous n'avez besoin de chercher que dans les grands temples, ceux où des prêtres résident en permanence.

Jonathan fronça les sourcils.

– Si quelqu'un meurt, comment sait-on où trouver le testament ?

– Les sept témoins le savent, dit Flaccus.

– Mais dans ce cas, deux sont morts, et les autres ont disparu, répondit Flavia. Et on ne sait pas à quel temple il a pu être confié. À moins qu'il ne soit resté au domaine…

– Je pourrais aller chez Nonius et demander à son intendant, dit Flaccus, mais je pense qu'il m'en aurait parlé quand je l'ai vu hier… Par Hercule !

s'exclama-t-il en buvant une gorgée, cette menthe est délicieuse !

– Flaccus ! s'écria Flavia, c'est ça ! Ce sont les derniers mots de Papillio ! Quand il a dit : « Hercule ! », il ne voulait pas jurer, mais dire « dans Hercule » ! Il nous disait où se trouve le testament de Dives, au temple d'Hercule ! Et nous savons très bien où il est, n'est-ce pas ?

– Au forum Boarium, dit Jonathan.

Les yeux dorés de Nubia se mirent à scintiller.

– C'est le joli temple rond près du Circus Maximus ?

– Oui, dit Flavia. Il faut que l'un d'entre nous aille à Rome tout de suite ! Il n'y a pas un moment à perdre.

– Mais nous avons promis à ton père de rester ici, rappela Jonathan.

Tigris se mit à aboyer, et un instant plus tard, Delilah apparaissait à la porte.

– Votre père et Miriam viennent d'arriver, dit-elle à Jonathan. Miriam est montée voir Hephzibah et votre père est aux latrines.

Flavia se tourna vers Jonathan.

– Il nous faut une copie de ce testament ! Il faut convaincre ton père d'aller à Rome, au temple d'Hercule. S'il y va maintenant, il peut être de retour avant la nuit.

Jonathan se leva et sourit.

– Tu veux dire : si *nous* partons maintenant. J'y vais avec lui.

ROULEAU XVI

Dernières volontés et testament de Flavia Gemina, fille de Marcus Flavius Geminus, capitaine de navire

Flavia, penchée sur sa tablette de cire, releva la tête et regarda Aristo d'un air mécontent. Il était assis en face d'elle, dans le tablinum de son père. L'après-midi tirait à sa fin, et il était revenu du forum en annonçant que la seule mort enregistrée dans les deux derniers jours était celle d'un bébé.

– Es-tu vraiment obligé de rester assis juste en face de moi ? demanda Flavia. Ce que j'écris ne regarde que moi.

– Oui, j'y suis obligé, répondit-il patiemment. S'il arrivait un jour quelque chose à ton père, je serais responsable de toi et de tes biens jusqu'à ton mariage. Alors je veux être certain que tu vas le faire correctement. Souviens-toi : tu dois citer le nom de ton héritier dans la première ligne de texte, faute de quoi le testament est nul et non avenu. Et pour les legs, il faut utiliser la formule : *do, lego* : « je lègue ».

Flavia soupira et reprit son stylet de cuivre.

Moi, Flavia, je fais de ma chère amie Nubia mon héritière. À Nubia je lègue mon précieux chien Scuto, tous mes vêtements et mes bijoux, et tout l'argent qui restera après le paiement des legs suivants.

À mon cher ami Jonathan ben Mordecaï, je lègue tous mes livres et mes rouleaux, et un don de dix pièces d'or.

À mon cher ami Lupus, je lègue toutes mes tablettes et stylets, et tout ce qui sert à écrire, ainsi qu'un don de dix pièces d'or.

À mon amie Polla Pulchra à Surrentum, je lègue mes parfums et onguents, et un don de dix pièces d'or.

Je souhaite affranchir ma nourrice Alma, pour qu'elle devienne une femme libre. À elle je lègue le montant de l'impôt pour les esclaves, plus un don de dix pièces d'or, si mon père l'approuve.

Je veux aussi affranchir notre esclave gardien Caudex, qui nous a aidés dans l'arène dans la première année du règne de l'empereur Titus. À lui je lègue le montant de l'impôt pour les esclaves, plus un don de dix pièces d'or, si mon père l'approuve.

Aux personnes suivantes, je lègue dix pièces d'or :

Gaïus Valerius Flaccus, patricien et poète

Tascia Clio Pomponiana, fille de Titus Tascius Pomponianus

Publius Tascius Pomponianus, connu sous le nom de Vulcain, forgeron

Aulus Caecilius Sisyphus, affranchi et scribe du sénateur Aulus Caecilius Cornix

Scorpus, conducteur de char pour la faction des Verts

Cartilia Poplicola, connue sous le nom de Diana.

Flavia regarda le plafond en faisant tinter son stylet contre ses dents.

– Qui d'autre ? murmura-t-elle. Qui donc mérite un legs ?

Elle sourit à Aristo d'un air moqueur et écrivit :

Enfin, je tiens à ne pas oublier Aristo, fils de Diogène, fidèle tuteur et ami, je lui lègue vingt pièces d'or !

– Et voilà ! annonça-t-elle en le regardant.

– Très généreux, dit-il en souriant, mais as-tu pensé au coût de tes funérailles ? Et au prix d'entretien de la tombe ?

– Ça coûte de l'argent ?

– Bien sûr, ça coûte de l'argent. Est-ce que tu fais partie d'un groupe funéraire ?

– Un quoi ?

– Un groupe funéraire. Une organisation qui s'occupe d'organiser de belles funérailles, moyennant quelques quadrans[1] par mois.

– Aristo. Tu sais parfaitement que je ne fais partie d'aucun groupe funéraire.

– Alors il vaut mieux prévoir de l'argent pour ça.

– Combien ?

– Tu veux de l'encens parfumé à tes funérailles, ou simplement quelques pommes de pin ?

– De l'encens, bien sûr !

– Des guirlandes pour ceux qui suivent la procession, des joueurs de flûte, et un festin ?

Flavia hocha la tête en signe d'approbation.

– Une inscription émouvante sur le caveau familial ?

Flavia hocha la tête de plus belle.

– Alors il vaut mieux mettre de côté dix autres pièces d'or pour tes funérailles.

– Et c'est tout ?

– Oui, maintenant, tu n'as plus qu'à ajouter la date.

Flavia écrivit :

Fait le septième jour avant les ides de décembre, sous le consulat de Titus César Vespasien Auguste et de son frère, César Domitien.

1. Petite pièce de bronze valant un seizième de sesterce.

– Maintenant, je dois le sceller, dit Flavia. Je vais me servir de la bague en forme de sceau que j'ai reçue pour mon anniversaire.

Elle fit tourner la bague pour l'enlever de son index gauche. Elle était en verre bleu pâle, montée sur or.

– Tu vois ? Il y a une petite Minerve[1] gravée à l'intérieur.

– Très bien trouvé, remarqua Aristo en souriant.

– Je n'ai pas besoin de sept citoyens romains pour servir de témoins ?

– Non, parce que tu es encore une enfant sous tutelle, tout cela n'est pas strictement légal. Cependant, j'aimerais que tu le scelles devant moi. Voilà. Presse bien sur la cire, comme ceci. Très bien. En tant que tuteur, j'ai autorité pour confirmer que tout a été fait dans les règles, et en ma présence.

Aristo inscrivit son nom au bas du document et appuya sa bague-sceau en onyx sur la cire molle. Flavia connaissait le sceau de son tuteur : la lyre d'Apollon.

– Et voilà, dit-il. Si tu venais à mourir avant ton père…

Il s'interrompit pour faire le signe contre le mauvais sort.

---

1. Nom romain d'Athéna, déesse de la sagesse et de la guerre.

– Au moins, il connaîtrait tes volontés. Et si tu lui survis, tu pourras toujours faire un nouveau testament, en réutilisant les clauses de celui-ci et en réunissant sept témoins. Tu pourras même demander l'aide d'un juriste, parce que la moindre imprécision peut donner prétexte à des contestations.

– Merci, Aristo. C'était terrible d'être la seule à ne pas avoir fait son testament. Même si celui-ci n'est pas entièrement légal.

– Ce n'est pas tout à fait terminé, dit Aristo en cherchant dans sa pochette de cuir.

Il en retira une petite boîte de bronze, de la taille et de la forme d'une feuille de myrte.

– C'est un cadeau pour toi, de ma part.

– Oh, c'est adorable ! Qu'est-ce que c'est ?

– C'est une boîte à sceau. Ferme la tablette de cire. Maintenant, prends cette ficelle et attache-la autour de la tablette et de la boîte – il faut ouvrir le couvercle – de telle façon que la boîte se trouve à l'extérieur de la tablette. Vois-tu les deux petites encoches qui servent à laisser passer la ficelle, et qui correspondent aux encoches de la tablette ?

– Oh ! Je savais que ces encoches servaient à faire passer de la ficelle, mais je ne savais pas qu'on pouvait aussi attacher une boîte ! Comme c'est bien fait !

– Il faut ouvrir le couvercle avant d'attacher la ficelle. Tu vois ces petits trous au fond de la boîte ?

Quand tu fais couler la cire chaude, elle coule par là et fixe la boîte sur le bois du couvercle. Et la cordelette aussi la maintient en place, bien sûr…

Quand Flavia eut bien attaché la petite boîte, Aristo alluma un bâton de cire bleue qu'il fit couler de façon à la remplir et à noyer le nœud.

– Maintenant, vite, appuie ton sceau ! Et ferme la boîte pour protéger le sceau…

– Oh, je vois ! La seule façon d'ouvrir la tablette à présent, c'est de briser le sceau ou de couper la ficelle.

– Précisément. On ne pourrait même pas introduire une aiguille chauffée à l'intérieur de ce testament.

– Une aiguille chauffée ?

– On a vu des gens peu scrupuleux ouvrir un document scellé avec une aiguille chauffée, et le refermer. On ne peut pas le faire avec une boîte à sceau.

Ils entendirent un léger grattement et levèrent la tête. Nubia était sur le seuil.

– Hephzibah est réveillée, et Miriam dit que vous pouvez lui parler.

Hephzibah était assise sur des coussins, ses cheveux magnifiques répandus autour d'elle, Miriam à ses côtés. La nuit tombait et Delilah venait d'allumer la lampe à huile à douze mèches qui faisait scintiller des reflets d'or dans la chevelure de la jeune fille.

Flavia et Nubia s'approchèrent timidement, pendant que Flaccus attendait dehors avec Lupus.

– Bonsoir, Hephzibah, dit Flavia. Je sais que c'était horrible ce matin, mais nous avons besoin de te poser quelques questions. Est-ce que tu peux nous répondre ?

Hephzibah hocha la tête. Elle avait des cernes foncés sous les yeux.

Flavia s'assit sur le lit et lui prit la main. Elle était aussi froide que le marbre.

– Jonathan et Mordecaï sont allés à Rome pour essayer de trouver des preuves de ton innocence, dit-elle avec douceur. Flaccus est resté dehors, avec Lupus. Il peut nous entendre, mais il ne voulait pas te déranger.

– Nous avons fait une découverte capitale, dit Flaccus depuis l'entrée, derrière le rideau, mais nous avons besoin d'en savoir plus. Il faut que tu nous dises toute la vérité.

Hephzibah hocha la tête et murmura :

– Oui.

– Nous devons savoir une chose, dit Flavia : t'es-tu disputée avec ton maître, il y a une semaine environ ?

Hephzibah ferma les yeux.

– Oui.

– À propos de quoi ?

– Il m'a demandé si j'étais de Jérusalem. J'ai dit oui ; alors il m'a demandé pardon. J'ai demandé pourquoi, et il m'a dit… il m'a dit qu'il avait été un des soldats qui avaient assiégé la ville.

– Dives était à Jérusalem ? demanda Miriam.

– Oui. Alors il m'a demandé si j'avais été à Massada.

– Et qu'est-ce que tu as dit ? demanda Flavia.

– J'ai dit oui. Alors il m'a demandé si j'y étais quand j'étais enfant. Je l'ai simplement regardé. Il a dit qu'il y était aussi. Il était l'un des deux soldats qui nous avaient trouvés dans la citerne.

Hephzibah ouvrit les yeux.

– Lui, c'était celui qui boitait.

– Par le paon de Junon ! murmura Flavia.

Les yeux bruns d'Hephzibah se remplissaient de larmes.

– Alors il a dit que nous étions liés, lui et moi, que les dieux nous avaient réunis et que nous devions nous marier. Je n'ai pas pu en supporter plus. Je me suis sauvée en criant que je le détestais.

– Et c'est pourquoi tu l'as tué ? demanda doucement Flavia.

– Je ne l'ai pas tué.

– Mais c'était l'un de ceux qui ont détruit Jérusalem et Massada.

– Je sais, mais je ne l'ai pas tué. Le lendemain, il m'a fait venir de nouveau. Il m'a dit qu'il comprenait que je déteste les oppresseurs de mon peuple, et qu'il ne me presserait pas, parce qu'il voulait mériter mon amour et me prouver qu'il était sincère. Papillio était là, l'homme à la marque en forme de papillon, et ils m'ont affranchie, tous les deux. Le lendemain, mon maître était mort.

– Pourquoi n'as-tu pas dit qu'il t'a demandé de l'épouser ?

– Parce que c'est trop horrible d'y penser ! Il était si vieux, si gras. Et il a détruit ma ville, Jérusalem, la ville dorée.

– Mais tu te rends compte que ça te donne un mobile pour le tuer ? demanda Flavia.

– Je ne l'ai pas tué !

De nouveau, les larmes de la jeune fille débordèrent. Miriam jeta à Flavia un regard lourd de reproches.

– Je sais qu'Hephzibah ne ferait pas de mal à une mouche, je la connais ! dit-elle.

– Hephzibah, dit Flaccus derrière sa tenture, est-ce que quelqu'un a pu t'entendre te disputer avec Dives le jour où il t'a demandée en mariage ?

– Peut-être. J'étais si bouleversée que je suis partie en courant. Je pleurais.

– Par exemple, est-ce que Nonius était là ?

– Je ne l'ai pas vu.

– Parle-nous de Nonius, demanda Flavia.

– Je ne sais pas grand-chose de lui, à part ce que disent les esclaves…

– Qu'est-ce qu'ils disent ?

– Que son père était légionnaire de la dixième légion, l'une de celles qui…

Une fois de plus, ses yeux se remplirent de larmes.

– Oui, nous savons, dit Flavia très vite. Quoi d'autre ?

– Ils disent que sa mère était syrienne. Elle a suivi le père dans ses campagnes, avec Nonius. Je crois que le père a été tué pendant le siège.

– Celui de Jérusalem ?

– Oui, et la mère est morte quelques années plus tard.

– Je ne pensais pas que les légionnaires avaient le droit de se marier avant la retraite. Souvent, ils avaient des femmes et des enfants, mais ce n'était pas légitime, dit Flaccus.

– Je pense que Vespasien a honoré les enfants des soldats morts pendant le siège et leur a donné la citoyenneté, comme s'ils avaient été mariés.

– Nonius a-t-il servi en Judée lui aussi ? demanda Flavia.

– L'armée n'aurait jamais accepté Nonius, répondit Hephzibah.

– Pourquoi ?

– Il est gaucher. Tous ceux qui ont vécu sous l'occupation armée savent qu'il n'y a pas de soldats gauchers. Les Romains pensent que ça porte malchance.

— Même le mot *sinister*, « gaucher », signifie « de mauvais augure », ajouta Flaccus, toujours caché dans le couloir.

Miriam était stupéfaite.

— Vous dites qu'aucun gaucher ne peut devenir soldat, parce qu'ils sont supposés porter malheur ?

— En réalité, dit Flaccus, l'explication est d'ordre pratique : dans l'armée romaine, chaque soldat se tient à côté des autres, épaule contre épaule. Il tient son bouclier de la main gauche, et il couvre ainsi à moitié l'homme qui se tient sur sa gauche, tout en étant protégé à droite par le bouclier de son voisin. Un gaucher serait obligé de tenir son bouclier de la main droite et il détruirait l'ordre des rangs.

Flavia fit un signe de tête vers le rideau qui cachait Flaccus, et reprit :

— Donc, tu penses que Nonius n'a jamais été dans l'armée, et qu'il ne possède pas de glaive ?

— Je ne crois pas, répondit faiblement Hephzibah.

Son visage, à la lueur de la lampe, était très pâle.

— Mais c'était un ami de Dives ?

— Oui, parce que son père avait été l'ami de Dives et son compagnon de tente dans l'armée romaine.

— C'est ça ! Dives a servi avec le père de Nonius en Judée ! Voilà le lien entre Dives et Nonius !

— Oui, et Dives a pris Nonius chez lui en l'honneur de son ami mort.

– Y a-t-il autre chose, demanda Flaccus, que tu pourrais nous dire à propos de Nonius, même un détail qui paraîtrait sans importance ?

Hephzibah regardait les ombres mouvantes au plafond.

– Il aime compter son argent. Il adore le dieu Mercure. Il se met facilement en colère. Et il refuse de manger du pain noir, il n'aime que le blanc. C'est tout ce que je sais.

– A-t-il une femme ? Ou une maîtresse ? demanda Flavia.

– Ou un petit ami ? ajouta Flaccus.

Hephzibah fit non de la tête et ferma les yeux.

– Je ne crois pas. Je crois qu'il n'aime que l'or.

ROULEAU XVII

Le cortège funèbre se frayait lentement un chemin à travers les rues d'Ostia, noyées de brume. Jonathan entendit les gémissements et les pleurs avant de voir les pleureuses. Puis tous ceux qui accompagnaient le convoi émergèrent enfin du brouillard comme des spectres, en se précisant à chaque pas. Jonathan reconnut Nubia en tête du cortège. Elle jouait de la flûte, Flavia et Lupus sur ses talons. Son père et sa mère encadraient la bière, et les frères Geminus, Marcus et Gaïus, suivaient derrière. Ils avaient le visage caché par un pan de leur toge.

Alma était là aussi avec Caudex, mais lui-même ne se voyait nulle part.

Était-ce lui, le corps étendu sur la civière ?

Le cortège approchait toujours, mais juste au moment où il allait découvrir le visage du mort, Jonathan se réveilla.

Il n'était pas dans son lit. La chambre était trop basse et trop large, et les sons qu'il entendait par la fenêtre étaient ceux de la ville qui s'éveille, pas les chants d'oiseaux auxquels il était habitué.

C'est alors qu'il se souvint.

Son père et lui étaient à Rome. La veille, ils avaient visité le temple d'Hercule Victorieux au forum Boarium, mais ils n'avaient pas trouvé le testament de Dives. Ils avaient aussi été voir deux autres temples d'Hercule, près du Circus Maximus, et même les vierges de Vesta, mais sans aucun succès.

Ils devaient inspecter d'autres temples ce matin, mais il ne restait pas beaucoup de temps. Il savait que s'ils n'arrivaient pas à montrer le testament à Ostia dans cinq heures, ils allaient perdre leur procès.

– Mon Dieu, pria-t-il, s'il vous plaît, aidez-nous à trouver le testament de Dives, s'il existe !

Mais même sa prière ne le rassurait guère : il doutait beaucoup de réussir.

À cause des rites matinaux en l'honneur du dieu Tiberinus[1], le cas d'Hephzibah ne devait pas être jugé avant la quatrième heure du jour. Flavia et ses amis arrivèrent à la basilica précisément deux heures avant midi, et la trouvèrent tellement bondée qu'il était difficile de s'y déplacer. Aristo prit une grande inspiration et commença à se frayer un chemin à

---

1. Divinité du fleuve Tibre. Sa fête était célébrée le 8 décembre.

coups d'épaule dans la cohue, Flavia, Nubia et Lupus derrière lui.

Quand ils arrivèrent enfin dans l'espace formé par l'estrade et les bancs, ils virent que Flaccus et Hephzibah avaient déjà pris place.

Flavia sursauta.

La tête de la jeune esclave était découverte, et ses cheveux défaits, comme il convenait à une femme en deuil. Sa magnifique chevelure flottait sur ses épaules comme un nuage d'or rougi. Elle portait la longue tunique noire qu'elle avait déjà la veille, mais les déchirures n'avaient pas été réparées. Son cou de neige et son épaule droite étaient exposés aux regards, rendus plus blancs encore par le contraste avec l'étoffe sombre. Ses yeux bruns paraissaient immenses, soulignés d'une ombre de khôl[1] noir que les larmes avaient fait couler.

Flavia pensait qu'elle était à la fois fabuleusement belle et tragique.

Les juges qui s'installaient en face pensaient clairement la même chose : ils s'asseyaient, bouche ouverte, sans la quitter des yeux. Certains se cognaient même à leurs voisins, tant elle attirait l'attention.

---

1. Poudre noire utilisée pour se farder les paupières ou souligner les yeux.

– Brillant ! murmura Aristo. Quel trait de génie ! Il leur rend la monnaie de leur pièce. Et l'idée de faire asseoir Miriam à côté d'elle devrait décourager les mauvaises langues.

Flavia fit un pas en avant et découvrit Miriam assise sur le banc. Elle avait aussi la tête nue, et ses boucles sombres débordaient du foulard lavande qu'elle portait sur les épaules. Elle s'était aussi maquillé les yeux et avait teinté sa bouche de rose. Épanouie dans sa grossesse, elle resplendissait dans une stola de soie couleur de raisin. Flavia pensa que jamais elle n'avait vu son amie aussi belle.

– Quelle paire de déesses ! soupira Aristo, et quel dommage de devoir s'asseoir derrière elles !

– Au moins, tu seras en mesure de te concentrer, répliqua Flavia, pas comme les juges en face ! Tu as vu la tête de Bato et de Poplicola ?

Lupus émit un son inarticulé et montra du doigt les avocats qui prenaient place sur leur banc. Nubia se mit à rire derrière sa main.

– On dirait qu'ils ont vu la tête de Méduse[1] !

– Mais c'est la beauté, et non la laideur, qui les fige en statues de pierre cette fois, dit Aristo avec un petit rire.

Il se pencha pour murmurer à l'oreille de Flaccus :

---

1. Hideux monstre femelle au visage si repoussant qu'à sa vue les hommes se changeaient en pierre.

– C'était ton idée ?

Flaccus hocha la tête d'un air sombre, sans répondre.

– Il est en colère, souffla Flavia.

– Oui, répondit Aristo, et c'est une très bonne chose.

Praeco le crieur fit résonner sa canne et s'avança.

– DEUXIÈME JOUR DU PROCÈS DE HEPHZI-BAH BAT DAVID, cria-t-il. SILENCE DANS LE TRIBUNAL, SILENCE !

Le président Gratus, gras et chauve, se leva de son siège de bronze. Il ne perdit pas son temps en préliminaires.

– La prévenue a été accusée de trois meurtres, dit-il. Si cette terrible accusation peut être confirmée par des preuves et que son statut d'esclave est maintenu, mon devoir m'obligera à la condamner à la crucifixion.

Flavia sursauta et échangea avec Nubia un regard horrifié.

Sur le banc devant elles, Miriam prit la main d'Hephzibah et la serra. La jeune fille frissonna, mais garda la tête droite et ne montra aucune émotion.

Praeco fit retentir sa canne.

– MARCUS FABIUS QUINTILIANUS VA PRENDRE LA PAROLE POUR L'ACCUSATION !

Poplicola se leva.

– Honorable président, estimés confrères, j'ai le regret de vous annoncer que mon célèbre collègue Quintilien a dû retourner à Rome pour affaires familiales urgentes. Il va falloir que vous entendiez la proposition, les preuves et la péroraison de ma bouche, plutôt que de la sienne.

La foule gronda et le sourire de Poplicola s'évanouit.

– Bonne nouvelle pour nous, chuchota Flavia.

– Mais ce qui arrive par ici a l'air d'être de mauvaises nouvelles, répondit Aristo en montrant la galerie d'un discret signe du menton.

Jonathan et son père étaient là, et les regardaient par-dessus la balustrade. Un coup d'œil suffit à Flavia pour deviner à leurs expressions qu'ils n'avaient pas trouvé le testament de Dives à Rome.

Elle fit un petit signe de consolation à Jonathan, comme pour lui dire : «Au moins, tu as tout essayé.»

– Où est passé Lupus ? demanda Nubia.

– Je ne sais pas, il était là il y a une minute.

– Oh, dit Nubia en montrant la galerie, là-bas !

Lupus s'était matérialisé près de Jonathan.

– Comment a-t-il fait pour parvenir si vite à la galerie ? s'étonna Flavia.

– Il a rampé à travers une forêt de jambes ! conclut Nubia.

Lupus était en train d'écouter Mordecaï; il paraissait terriblement déçu. Il avait appris la nouvelle. Mais soudain, il se redressa, leva le bras droit et pointa un doigt vers le ciel, comme pour dire : «Attendez un peu !»

Flavia et Nubia le regardèrent, fascinées, écrire quelque chose sur sa tablette. Mordecaï et Jonathan lurent ce qu'il avait écrit, puis Jonathan hocha la tête avec énergie.

Lupus sourit et regarda les deux filles.

Il montra sa tête.

– Il a eu une idée, traduisit Flavia.

Elle fit à Lupus un signe d'encouragement.

Lupus ferma sa tablette et fit le geste de l'entourer d'une ficelle.

Flavia fronça un instant les sourcils, puis son visage s'éclaira.

– Le testament !

La veille au soir, elle avait montré à Lupus son testament scellé.

Lupus fit un signe d'assentiment et désigna le nord-ouest du doigt.

Flavia et Nubia se regardèrent, perplexes.

Lupus prenait maintenant la pose d'un lutteur dans la palestre[1] et faisait semblant de lever un gourdin.

---

1. Salle d'exercice, généralement située en plein air et recouverte de sable, dans les thermes publics.

Flavia n'y comprenait goutte.

Alors Jonathan se mit à mimer lui aussi. Il fit mine de rugir et de griffer. Lupus prétendit l'étrangler, et Jonathan s'effondra obligeamment et disparut derrière son gradin.

– Hercule ! fit Flavia, tu représentes Hercule !

Lupus hocha la tête d'un air satisfait, et il pointa son doigt vers le centre de la basilica, comme pour dire : ici.

Jonathan avait émergé de sous la balustrade et remettait un peu d'ordre dans sa toilette.

– Oh ! s'écria Flavia, le temple d'Hercule, ici, à Ostia !

Elle forma un cercle avec son pouce et son index et leva la main, pour signifier en langage de rhéteur : parfait !

Lupus lui fit un signe de tête satisfait avant de disparaître de nouveau dans la foule.

Flavia donna une tape sur l'épaule de Flaccus pour attirer son attention.

– Gaïus, lui dit-elle à l'oreille, nous venons de penser à quelque chose ! Le testament n'est pas forcément à Rome. Il peut très bien être ici, à Ostia. Lupus est allé voir.

Flaccus hocha la tête et se redressa sur son banc.

Flavia regarda Jonathan qui lui fit un signe de la main, paume tournée vers le ciel.

– Qu'est-ce qu'il veut dire ? demanda Nubia.

– Je pense qu'il dit que nous n'avons rien à perdre à essayer.

Quand Flavia se concentra de nouveau sur les plaidoiries de l'accusation, Poplicola était en train de conclure.

– Estimés confrères, monsieur le président, dit-il, je suis persuadé qu'au vu des preuves produites, vous allez condamner cette fille.

Et Poplicola montra Hephzibah du poing – non pas le droit, mais le gauche, en manière d'insulte. La foule laissa échapper une exclamation.

– Pourquoi les gens ont-ils crié ? demanda Nubia.

– Parce que Poplicola a montré Hephzibah de son bras gauche tout entier, expliqua Flavia en haussant la voix pour se faire entendre au milieu des applaudissements qui s'étaient mis à crépiter. C'est une insulte très grave.

– Je sais, dans mon pays aussi, indiqua Nubia, parce qu'on utilise la main gauche pour s'essuyer après avoir été aux latrines. Mais Hephzibah n'a pas l'air bouleversée.

– C'est vrai, elle paraît très calme ce matin.

– Je crois que ce qui s'est passé hier lui a fait du bien finalement, poursuivit Nubia.

– Tu veux dire, quand elle s'est effondrée et qu'elle s'est mise à hurler ?

Nubia hocha la tête sans regarder Flavia.

– Parfois, ça fait du bien de laisser sortir la douleur.

Flavia regarda le profil solennel de son amie et lui passa une main affectueuse sur l'épaule.

– Tu es pleine de sagesse, Nubia. Je serai toujours... Par Junon ! C'est ça !

Nubia tourna vers Flavia son regard d'ambre.

– Quoi ?

– Nous n'avons pas besoin du testament. Je sais comment prouver qui a tué ces hommes ! Gaïus !

Et elle s'inclina pour tirer sur la toge de Flaccus, qui se pencha vers elle.

– Gaïus, dit Flavia, le cœur battant, je crois que je sais où trouver la preuve dont tu as besoin.

Depuis la galerie de la basilica, Jonathan observait toute la scène. Il vit Hephzibah et Miriam assises côte à côte, il vit les avocats de l'accusation discuter en hochant la tête, et il remarqua même que l'un des juges se curait les oreilles avec son auriculaire.

Mais il vit aussi quelque chose qui lui fit douter de ses propres yeux.

Gaïus Valerius Flaccus, avocat de la défense, s'était retourné, avait saisi Flavia par les épaules et avait approché ses lèvres du visage de la jeune fille, comme pour lui murmurer quelque chose à l'oreille. Mais de là où il se trouvait, juste au-dessus d'eux, Jonathan vit qu'il ne lui avait confié aucun secret.

Flaccus avait embrassé Flavia sur la joue.

En regardant Flaccus se lever pour s'adresser aux juges, Flavia avait les joues en feu et son cœur battait la chamade.

– GAÏUS VALERIUS FLACCUS VA PARLER POUR LA DÉFENSE, annonça Praeco – mais il aurait pu tout aussi bien hurler : « GAÏUS VALERIUS FLACCUS A EMBRASSÉ FLAVIA GEMINA ! »

Flavia essayait de toutes ses forces de contenir le sourire ravi qui s'étalait sur son visage. Il fallait qu'elle apparaisse sérieuse.

– Messieurs, commença Flaccus, je sais que je me suis engagé à plaider une affaire qui dépasse de loin mes compétences, mais si je l'ai fait, c'est parce que je crois sincèrement en votre intégrité, et parce que je sais que cette jeune fille est innocente.

D'un geste subtil, il désigna Hephzibah. Sa jeune voix de basse résonnait avec confiance.

– La raison pour laquelle j'ai accepté de défendre ce cas, la voici : ces jeunes gens, qui sont des amis très chers…

Il regarda Flavia, qui faisait de son mieux pour ne pas prendre l'air béat.

– Flavia Gemina, ici présente, a aidé à rendre à leurs parents une douzaine d'enfants enlevés et séquestrés ici même, à Ostia. Vous-même, Artorius Bato, en avez été le témoin.

Flaccus regarda Bato, qui hocha la tête en signe d'assentiment et lui fit un petit salut.

– Flavia Gemina était aidée dans cette bonne action, et dans bien d'autres, par tous ceux qui sont assis sur le banc derrière moi. Mes honorables confrères les ont appelés membres des basses classes, humiliores. Certains d'entre eux sont peut-être humiliores en termes de statut, mais pour ce qui est de la grandeur d'âme, de l'intégrité, de l'honneur et de la bravoure, ils sont en tous points des honestiores[1].

Cette remarque fut saluée par une vague d'applaudissements en provenance de la galerie.

Flavia regarda en l'air et vit Jonathan lui faire le signe de la main qui, dans les règles de rhétorique, exprimait l'admiration. Puis Jonathan lui envoya un baiser silencieux et haussa les sourcils.

Flavia essayait de prendre une expression sévère, mais elle était trop heureuse pour y parvenir. Jonathan lui rendit son sourire et désigna

1. Terme romain désignant les classes élevées de la société.

discrètement quelqu'un qui se tenait à côté de lui, le visage à demi dissimulé par le pan d'un manteau rabattu sur la tête.

Flavia observa l'homme avec attention, en essayant de deviner ses traits sous l'étoffe du manteau. Soudain, elle sursauta : elle avait aperçu des yeux d'un bleu de glacier. L'homme qui suivait le procès depuis la galerie, c'était Quintilien, le grand orateur, en personne.

— Nubia, regarde ! chuchota Flavia. C'est Quintilien, incognito !

— Inco… quoi ?

— Il ne veut pas qu'on sache qu'il est là !

— Je suis persuadé, continuait Flaccus de sa voix bien modulée, que les preuves avancées par la partie adverse ne sont qu'un manteau de fausses rumeurs rapiécé de mensonges et de procédés malhonnêtes, conçu tout exprès pour cacher la vérité.

— Jolie métaphore, l'approuva Aristo. Et originale, je trouve.

Lynceus, assis sur le banc près de son maître, se retourna pour lui faire signe, les yeux pétillants. Flavia lui montra Quintilien. Lynceus posa un doigt sur ses lèvres et sourit, comme pour lui dire qu'il savait tout, mais qu'il fallait garder le secret.

Flavia opina de la tête et reporta son attention sur Flaccus.

– Ce matin, continuait ce dernier, je veux allumer la torche de la vérité et mettre le feu à ce tissu de mensonges. Il faut que la vérité triomphe, et je vous demande, juges estimés, de résister aux mauvaises actions d'hommes immoraux, et de m'aider à défendre l'innocence injustement maltraitée.

– Qu'est-ce qu'il dit ? demanda Nubia.

– Je ne sais pas, répondit Flavia, mais ce que ça fait bien !

Il fallut peu de temps à Lupus pour arriver au temple d'Hercule, qui n'était qu'à quelques centaines de mètres de la basilica. Dives pouvait-il y avoir laissé son testament ? Les choses allaient-elles enfin devenir faciles ?

Arrivé en bas des marches, il ferma les yeux et pria un instant.

Puis il se fraya un chemin entre les offrandes répandues sur l'escalier, gâteaux de miel, fruits et chandelles.

En arrivant en haut, il eut un sursaut. Un pigeon gisait à ses pieds.

Était-ce une offrande ? Ou seulement un pigeon mort d'épuisement ?

Lupus jeta un coup d'œil aux alentours et ramassa l'oiseau, qu'il cacha dans les plis de sa toge.

Un pigeon mort pouvait rendre bien des services.

Flavia regardait Flaccus, le cœur battant, la bouche ouverte. Il était magnifique. Oubliées, les citations de Cicéron et les fioritures rhétoriques. Ses gestes étaient aussi naturels et aussi expressifs que ceux de Quintilien la veille. Tous les regards de l'assistance étaient rivés sur lui. D'une voix de velours, il se lança dans une attaque en règle contre les arguments de la partie adverse.

– Quelqu'un voulait que Dives meure, en effet, honorables juges, mais ce n'était pas ma cliente.

Flaccus montra Hephzibah, tragique et belle.

– Quelqu'un bénéficiait de la mort de Dives, et également de sa mort à elle. Si nous trouvons cette personne, honorables confrères, alors nous aurons trouvé le coupable.

En un seul mouvement fluide, Flaccus se retourna et pointa un doigt théâtral vers Nonius.

– Vous, Nonius, c'est vous le coupable, n'est-ce pas ? Vous êtes le meurtrier de Dives, de Papillio et de Mercator !

ROULEAU XIX

Gaïus Valerius Flaccus montrait Nonius d'un doigt accusateur.

– Vous, Lucius Nonius Celer, avez assigné cette jeune fille devant le tribunal, mais en réalité, c'est vous le coupable ! Vous vous doutiez que Dives allait épouser Hephzibah. Une femme n'hérite pas automatiquement des biens de son mari, nous le savons tous. Mais après le mariage, l'époux peut la désigner comme légataire. Et naturellement, il y a la question des enfants, des héritiers naturels. Quand vous avez découvert que votre patron avait affranchi Hephzibah en secret, vous avez été pris de panique. Pourquoi ? Parce que vous savez qu'un maître libère fréquemment une esclave juste avant de l'épouser. Et vous pensiez que Dives voulait épouser Hephzibah. Le fait que la manumission ait eu lieu dans le plus grand secret ne faisait que renforcer vos soupçons : pourquoi garder le secret, sinon pour vous empêcher, vous et les autres captateurs d'héritage, de l'apprendre ?

Flaccus fit un pas vers Nonius, qui baissait la tête d'un air furieux sans le regarder.

– Mais vous avez découvert la manumission, n'est-ce pas ? Vous avez peut-être écouté aux portes, ou l'un des esclaves vous a prévenu, sans doute moyennant un peu d'argent. Vous saviez qu'il fallait agir vite. Alors vous avez tué Dives avant qu'il ait eu le temps de se marier. Puis, pour éviter qu'on en vienne à se douter des intentions de Dives, et par là, de votre mobile, vous avez affirmé qu'Hephzibah mentait, qu'elle n'avait jamais été affranchie. Vous vouliez peut-être en rester le maître. Peut-être la convoitiez-vous ? Elle est séduisante, n'est-ce pas ?

Flaccus se tourna vers Hephzibah, et Flavia remarqua que tous les hommes présents la regardaient, bouche ouverte. Un rayon de soleil matinal illuminait ses cheveux d'or rouge et y allumait des reflets de feu.

– Vous avez été stupide ! Si vous aviez laissé partir cette pauvre fille, vous auriez pu commettre votre crime en toute impunité. Mais vous avez pensé qu'Hephzibah était au domaine depuis peu, et qu'elle n'avait sans doute que peu d'amis ou alliés à Ostia pour la soutenir. Vous avez cru qu'elle se soumettrait à votre volonté sans protester. Vous n'avez pas pensé rencontrer une vraie détermination, chez une jeune fille qui a déjà enduré tant de terribles épreuves. Vous ne comptiez pas trouver sur votre route Miriam bat Mordecaï, une amie de jeunesse qui s'est faite sa protectrice. Vous n'avez pas pensé trouver quatre enfants courageux accompagnés de leur tuteur, tous résolus à résoudre le mystère.

Sans s'interrompre, Flaccus repoussa avec impatience une mèche de cheveux bruns qui retombait sur son front.

– Mais vous avez permis à ces jeunes limiers de vous conduire jusqu'au témoin, n'est-ce pas ? Jusqu'à ce matin-là, au forum, vous ne saviez pas qui était le témoin de la manumission d'Hephzibah. Et quand le crieur a annoncé le nom de Papillio, vous avez dit que vous deviez aller aux latrines.

«Vous n'êtes pas allé aux latrines ! Vous avez couru jusqu'à la résidence du Jardin et vous avez questionné Papillio. Et il a confirmé vos pires craintes : non seulement Dives avait bien affranchi la jeune fille, mais il avait aussi, dans le plus grand secret, rédigé un nouveau testament. Vous aviez toutes les raisons de redouter qu'il lègue toute sa fortune à Hephzibah, vous laissant sans un sou. Les derniers mots de Papillio ont été : «Je n'ai rien dit. Trouvez les six autres, par Hercule.» Qu'est-ce donc que Papillio ne vous a pas dit ? Qui étaient les autres témoins ? Où se trouvait le testament ? Dives vous avait-il laissé ou non quelque chose ?

«Vous n'avez pas eu le temps de le torturer pour le faire parler, parce que vous étiez attendu au forum.

Mais vous étiez obligé de vous débarrasser de lui, d'abord parce qu'il pouvait prouver, à lui seul, qu'Hephzibah avait été affranchie, et ensuite parce qu'il savait que vous connaissiez l'existence d'un nouveau testament. J'imagine que vous vous êtes servi du glaive de Papillio, c'était un ancien soldat. Ensuite, vous vous êtes dépêché de revenir au forum, en le laissant mourir d'une mort lente et douloureuse.

« Vous n'avez pas perdu de temps pour retrouver les autres témoins du nouveau testament. Mercator était un candidat très plausible, puisqu'il était l'un des hommes affranchis par Dives et son ami. Vous l'avez fait venir au domaine et vous l'avez reçu dans une petite pièce qui sert de réserve, où vous pouviez parler sans être interrompu. Vous a-t-il dit où était le nouveau testament, ou bien est-il resté loyal à la mémoire de Dives ? Nous ne le saurons peut-être jamais. Mais nous savons qu'il s'est battu. Une fille aussi mince et délicate qu'Hephzibah n'aurait jamais pu vous pocher un œil, et vous avez un hématome spectaculaire. Vous vous êtes battu avec Mercator, n'est-ce pas ? Et il est mort. Aviez-vous vraiment l'intention de le tuer ?

« Que vous en ayez eu l'intention ou pas, la solution vous est apparue à ce moment-là, avec une clarté terrible. Il fallait tuer Mercator, et dénoncer Hephzibah comme la meurtrière. Une fois Hephzibah condamnée et exécutée, le nouveau testament pouvait ressurgir, ça n'avait plus d'importance. Vous restiez l'héritier désigné par le testament précédent. Vous n'aviez plus rien à craindre des cinq autres témoins ! À condition de vous débarrasser de la fille...

Flaccus montra Hephzibah d'un geste magnifique. Ses cheveux étaient toujours illuminés par le soleil hivernal. Elle tremblait en regardant Nonius avec des yeux de biche traquée.

– Scélérat ! Vous avez porté le corps de Mercator jusqu'à la cellule d'Hephzibah, n'est-ce pas ? Et ensuite, vous l'avez fait venir, vous avez envoyé un message chez Gaïus Caecilius Plinius Secondus, son protecteur. Cette pauvre créature innocente est tombée droit dans le piège.

La toge de Flaccus glissa sur son épaule et il la releva d'un geste brusque.

– C'était un plan très intelligent, prémédité de sang-froid. Mais vous avez fait une erreur. Vous avez sous-estimé la détermination de cette jeune fille et de ses amis.

– Vous n'avez aucune preuve de tout ça, répondit Nonius.

Son œil valide clignotait nerveusement et son visage était plus sombre encore que d'habitude.

À cet instant, un murmure parcourut la basilica bondée jusqu'aux moindres recoins.

– Il l'a trouvé ! cria une voix.

– C'est le testament ! cria une autre. Il a le testament !

– Ah, dit Lynceus, l'œil brillant, *Lupus in fabula !* Quand on parle du loup…

Les spectateurs se turent, et on entendit soudain le claquement de sandales qui couraient sur le sol de marbre. La foule s'écarta et Flavia, le cœur battant, vit apparaître Lupus, hors d'haleine et les joues rouges. Il courut jusqu'au milieu de l'espace libre délimité par les bancs, une lueur de triomphe dans les yeux. Derrière lui, un homme vêtu d'une longue aube blanche et d'une toge arrivait à grandes enjambées ; c'était un prêtre.

Le prêtre tenait à la main une tablette de cire attachée par une cordelette écarlate, et scellée par une boîte à sceau de cuivre en forme de feuille.

– Voulez-vous vous identifier, s'il vous plaît ? demanda Flaccus au prêtre.

– Je suis Gaïus Fulvius Salvius, grand prêtre et haruspice[1] du temple d'Hercule Invictus, ici à Ostia.

– Conservez-vous les testaments dans votre temple ?

– Oui.

---

1. Prêtre capable de lire l'avenir dans les entrailles d'animaux offerts en sacrifice.

– Ceci est-il le testament de Gaïus Artorius Dives ?

– Oui. D'après nos archives, il nous a été déposé la semaine dernière.

Sur son banc, Nonius avait l'air d'étouffer.

– Saviez-vous que Gaïus Artorius Dives était mort peu après avoir déposé son testament ?

Le prêtre sursauta, stupéfait.

– Par Hercule ! s'exclama-t-il. Il est… mort ? J'étais loin de la ville pour les célébrations de la Faunalia[1], et mon assistant…

Il s'arrêta net, regarda le président et reprit d'une voix claire :

– Je suis navré que cette erreur se soit produite. Généralement, quand l'un de nos testateurs meurt, l'un des témoins vient récupérer le document, qui est alors lu publiquement au forum.

– Vous permettez ? demanda Flaccus en tendant la main.

Le prêtre fit un petit salut.

– Bien sûr.

Flaccus saisit la tablette et se tourna vers le président.

– Avec votre permission, monsieur le président, je vais ouvrir cette tablette. Je confirme qu'elle porte

---

1. Ancienne fête romaine dédiée au dieu Pan (*Faunus* en latin). On la célébrait plus souvent à la campagne qu'en ville.

le sceau de Dives, que je connais : un Hercule avec sa massue.

Sur son estrade, Gratus approuva de la tête.

– Je pense que tout le monde ici a envie de savoir ce que contient ce testament.

Le président s'adressa ensuite au prêtre.

– Merci, vous pouvez vous asseoir.

En même temps que le prêtre, Lupus s'assit sur le banc près de Flavia, rejoint par Jonathan et son père, qui avaient réussi à se frayer un chemin depuis la galerie.

La canne de bronze résonna, et la voix de Praeco annonça dans un remous surexcité :

– DERNIÈRES VOLONTÉS ET TESTAMENT DE GAÏUS ARTORIUS DIVES !

D'une main que l'émotion rendait hésitante, Flaccus brisa le sceau. Il tendit la cordelette et la boîte à un assistant, et ouvrit la tablette de bois. Il y avait trois feuillets à l'intérieur, chacun recouvert de cire noire. Dans l'assistance, la tension était à son comble.

Flaccus lut rapidement, et Flavia le vit hausser les sourcils.

– C'est bien le testament de Gaïus Artorius Dives, daté d'il y a juste une semaine : le jour avant les calendes de décembre ; il est signé et scellé par les sept témoins.

Il fit une pause, et Flavia remarqua qu'il tremblait.

– *Je nomme mon seul héritier*, commença Flaccus, *Gaïus Artorius Staphylus, mon intendant et affranchi.*

– Quoi ? s'écria Aristo.

– Qui ? demanda Flavia.

Et toute l'assistance se mit à bourdonner, chacun répétant les mêmes questions.

Un cri de joie retentit dans la galerie, et tous levèrent la tête pour voir un homme barbu, coiffé d'une calotte blanche, danser une petite gigue.

– Par le paon de Junon ! C'est l'intendant juif du domaine ! Je l'ai rencontré aux funérailles, cria Jonathan, assez fort pour se faire entendre au milieu du brouhaha.

– Ça signifie que Dives n'a pas désigné Hephzibah finalement ! remarqua Flavia.

– SILENCE ! SILENCE ! hurla Praeco.

La basilica redevint silencieuse, et Flaccus lut d'une voix qui tremblait un peu.

– *À Staphylus, je lègue la totalité de mon domaine, en toute propriété. Il recevra aussi la moitié de l'usufruit.*

– L'usu-fruit ? répéta Nubia. Qu'est-ce que c'est ?

– Il touche le montant des recettes de la moitié des récoltes chaque année ; dans son cas, beaucoup d'argent, expliqua Aristo.

– *Je lègue un quart de l'usufruit à la synagogue du peuple juif, pour en faire l'usage qu'ils voudront et ce aussi longtemps que la synagogue existera.*

La foule poussa un soupir d'étonnement et Mordecaï s'écria :

– Par le maître de l'univers ! Dives était un Gentil drôlement généreux !

– *Je lègue le dernier quart à mon affranchie Artoria Hephzibah.*

Les applaudissements crépitèrent dans la basilica. Muette, Hephzibah regardait Miriam, qui la regardait aussi. Elles finirent par tomber dans les bras l'une de l'autre, et Miriam murmura quelque chose à l'oreille de son amie. Flavia la vit sourire et pleurer en même temps.

Sur le banc qui leur faisait face, Nonius affichait un visage livide où l'œil contusionné ressortait comme un maquillage grotesque.

– Mais bien sûr ! s'écria Aristo, voilà pourquoi il n'a pas nommé Hephzibah son héritière !

Tous le regardèrent, et il s'expliqua :

– Si Dives l'avait désignée comme héritière, le testament aurait pu être contesté : elle appartient au peuple junien comme toi, Nubia, et on aurait pu mettre en cause son droit à être propriétaire. Mais de cette façon, elle sera riche pour le reste de ses jours.

– *Que tous les autres soient déshérités*, poursuivit Flaccus. *Toi, Gaïus Artorius Staphylus, tu dois accepter mon héritage dans les cent jours qui suivent ma mort.*

– Pas de danger que j'oublie ! cria l'homme depuis la galerie.

La foule se mit à rire.

– *Si tu n'acceptes pas mon domaine, il sera donné tout entier à la synagogue, en tant que legs dub modo.*

– Je l'accepte ! Je l'accepte aujourd'hui, devant tous ces témoins !

Flaccus le regarda en souriant à demi et reprit son sérieux pour continuer sa lecture.

– *À chacun des citoyens romains qui ont servi de témoins pour la rédaction de ce testament, je lègue la somme de 20 000 sesterces.*

Flaccus regarda le président.

– Voici la liste des sept témoins, dûment signée et scellée.

Cn. Helvius Papillio, décurion d'Ostia

C. Julius Primus, centurion de la Legio X Fretensis

C. Messius Fabius, légionnaire de la Legio X Fretensis

M. Baebius Marcellus, légionnaire de la Legio X Fretensis

P. Valerius Annianus, légionnaire de la Legio X Fretensis

C. Artorius Mercator, marchand de tissus à Ostia

C. Artorius Megabyzus, importateur d'animaux exotiques à Rome

– Cela explique où sont les autres témoins, dit Aristo : l'un est à Rome et les quatre autres sont des amis soldats : ils n'ont sans doute pas entendu parler de sa mort.

– Les autres legs, reprit Flaccus devant l'assemblée silencieuse. *À ces hommes et ces femmes qui ont recherché ma faveur d'une manière si transparente, je laisse cinq sesterces chacun.*

– Cette partie du testament n'a pas changé depuis le précédent, assura Aristo en souriant.

– *Et enfin*, dit Flaccus en donnant de la voix pour couvrir les rires et les sifflets qui fusaient dans l'assistance, *ayant découvert les motivations et le caractère de mon soi-disant ami Nonius Celer, je lui lègue par le présent testament une corde pour se pendre.*

Il y eut une minute de silence stupéfait, puis les cris de triomphe et les rires se déchaînèrent.

– SILENCE, SILENCE DANS LA SALLE ! hurla Praeco en faisant résonner sa canne sur le sol de marbre. SILENCE !

Le président Gratus ajouta sa voix à celle du crieur.

– Silence !

Quand le calme fut enfin revenu, Flaccus se tourna vers Nonius, qui s'était levé. La couleur était revenue sur son visage : il était tout simplement vert de rage.

– On dirait que votre patron vous a jugé depuis l'au-delà, fit remarquer Flaccus.

– Vous ne pouvez pas prouver que j'ai tué Dives, dit Nonius, pas plus que Papillio ou Mercator !

Son œil valide étincelait de fureur.

– Je crois bien que si, dit Flaccus. Ou plutôt, je crois que cette tablette le peut.

Il lança le testament à Nonius, qui le rattrapa de la main gauche et se mit à l'étudier d'un air sombre.

– Et comment ? demanda-t-il en relevant la tête. Rien n'est écrit ici qui montre que j'aie pu tuer qui que ce soit.

– Non, c'est le fait que vous l'ayez attrapée de la main gauche qui est probant, dit Flaccus. Comme me l'a fait remarquer mon amie Flavia Gemina, Mercator a été tué d'un coup porté par un gaucher. Laissez-moi vous en faire la démonstration.

Flaccus se retourna et fit signe à Aristo. Celui-ci se leva, hésitant, puis s'avança vers l'estrade.

– Mercator a eu le crâne brisé d'un seul coup, porté ici, expliqua Flaccus en touchant la tempe droite d'Aristo. Regardez comme le coup est difficile à porter si vous êtes, comme la plupart des gens, droitier.

Il mima un coup du poing droit en un mouvement complexe qui contournait son adversaire.

– Même par derrière, ça reste très difficile. Mais notre ami Nonius n'est pas droitier, il est gaucher. Or, pour un gaucher, le geste devient tout naturel.

259

Flaccus donna un direct du poing gauche à Aristo, s'arrêtant juste avant de le toucher.

Dans la basilica, la foule soupira d'aise et se mit spontanément à applaudir.

Flaccus renvoya Aristo à son banc avec une tape virile dans le dos.

– De plus, continua-t-il, Papillio a été tué d'un coup de glaive, mais c'était un coup maladroit. Pourquoi ? Parce que le glaive est conçu pour être manié de la main droite, et que Nonius l'a pris de sa main gauche. Nous savons, Messieurs les juges, que Nonius est gaucher : *sinister*, dans tous les sens du terme.

La foule se mit à trépigner d'enthousiasme, tandis que les juges approuvaient le trait d'esprit en souriant.

Mais Flaccus, lui, ne souriait pas.

– *Celer*, dit-il.

Il attendit que le bruit s'apaise et répéta :

– *Celer*. C'est le mot qu'a dit Papillio avec son dernier souffle. Il n'essayait pas de dire : *celeriter*, « vite », mais de donner le nom de son assassin ! Celui-ci !

Flaccus pointa un doigt rageur vers Nonius Celer.

– C'est pourquoi vous vous êtes évanoui quand vous avez compris qu'il était encore vivant quand Nubia l'a trouvé, et qu'il lui avait parlé ! Et c'est pourquoi vous l'avez dénoncée, elle, pour la faire arrêter et torturer ! Admettez-le !

Nonius regarda Flaccus longtemps, le visage noir de haine.

Soudain, quelque chose tomba du ciel à ses pieds dans un froissement d'ailes. Nonius sursauta violemment et fit un pas en arrière. Une femme poussa un cri strident. Sur les bancs de l'accusation, les avocats reculèrent.

– C'est un pigeon mort ! cria une voix.

Flavia regarda vers la galerie et surprit Lupus qui contemplait innocemment le plafond, comme s'il se demandait comment un pigeon mort avait pu tomber de là.

– C'est un mauvais présage ! hurla une femme.

– Il a mis les dieux en colère ! ajouta une voix d'homme.

Flaccus hocha la tête.

– Ô Nonius, combien de temps encore allez-vous vous moquer de notre patience ? Combien de temps ? Allons, avouez votre crime !

Nonius regarda l'oiseau, puis Flaccus. Il jeta la tablette de cire sur le marbre.

– Oui ! Je les ai tués ! Je les ai tous tués !

J'ai tué Dives ! cria Nonius. J'ai étouffé ce vieil hypocrite obèse avec son oreiller graisseux ! Il méritait de mourir !

Les vigiles se mirent à courir dans sa direction, mais Gratus leva une main pour les arrêter.

– Laissez-le parler. Gardez-le, mais ne l'empêchez pas de parler. Je veux entendre ce qu'il a à dire.

Les vigiles se tinrent aux côtés de Nonius, qui ne paraissait pas les voir.

– Le domaine m'appartient ! hurla-t-il. Mon père est mort pour que Dives puisse devenir riche !

– Pourquoi ne pas tout nous expliquer ? demanda Flaccus.

Ses cheveux retombaient sur son front en masse indisciplinée, et il avait les yeux brillants.

Nonius regarda le président, assis sous son dais.

– Mon père était le compagnon de tente de Gaïus Artorius Dives, ou Brutus comme il s'appelait à l'époque. Brutus la brute, ajouta-t-il avec un mauvais sourire. Ils ont servi ensemble dans la dixième légion Fretensis. Ils savaient tous les deux que le temple de Jérusalem était rempli d'or, qu'il y avait de quoi paver la via Ostiensis, et ils étaient dans le contingent formé tout exprès pour le surveiller. Une nuit de garde, ils mirent au point leur plan. L'un d'eux entrerait dans le temple et volerait un objet précieux mais facile à cacher, pendant que l'autre ferait le guet. Plus tard, Artorius m'a dit qu'il avait volé une pelle à encens en or massif incrusté de pierreries. Jamais personne ne s'en serait aperçu. Dives, ou Brutus, devrais-je dire, glissa le trésor dans sa tunique et sortit.

«Une heure plus tard, les rebelles juifs mirent le feu à l'un des portiques. Mon père était au niveau du sol, mais Brutus se trouva piégé par l'incendie. Il vit mon père courir et l'appela: "Lucius! si tu me rattrapes, je ferai de toi un homme riche!" Il sauta, mon père se précipita pour le rattraper, et il fut écrasé sous son poids.

Nonius se tourna en pleurant vers le public, les mains tendues.

– Dives a survécu, mais mon père est mort. Je devrais hériter! Ça devait être moi! Ce n'est pas juste!

Quelques spectateurs applaudirent, mais la plupart répondirent par des sifflets, des cris et des huées. Une salade pourrie le manqua de peu et vint atterrir à côté du pigeon.

Sur son estrade, Gratus se leva et demanda le silence.

– Il est bientôt midi, il est temps d'ajourner la séance. Cependant, je pense que nous en avons assez entendu, et les juges vont maintenant voter sur le verdict concernant cette jeune fille.

– Comment peut-il appeler au vote ? demanda Flavia. Tout le monde vient d'entendre les aveux de Nonius !

– Cette audience ne concerne pas Nonius, mais Hephzibah, dit Flaccus entre ses dents serrées.

– Mais ils vont la déclarer non coupable ? N'est-ce pas ?

– *Dum spiro, spero*, dit Lynceus. « Tant qu'il y a de la vie, il y a de l'espoir. »

Flaccus marmonna :

– S'ils ne l'acquittent pas, je jure que je perdrai toute foi en notre juridiction romaine.

Flavia regarda un membre du tribunal faire passer des petites tablettes aux trente juges assis sur leurs gradins de marbre.

– Qu'est-ce que c'est ? demanda Nubia.

– Ce sont des tablettes de vote, expliqua Aristo, elles sont en bois, avec une couche de cire de chaque côté. La lettre A, pour *absolvo*, qui veut dire : j'acquitte, je déclare non coupable, est inscrite sur un des côtés. Sur l'autre, c'est la lettre C, pour *condemno*, je condamne, je juge coupable. Chaque juge efface l'une des deux lettres et laisse celle qui représente son avis.

Sans se concerter, dans le silence complet, les juges effacèrent une lettre de leurs tablettes, et se levèrent un à un pour les déposer dans une urne. Puis ils allèrent se rasseoir tandis qu'un assistant renversait l'urne pour examiner son contenu.

Une rumeur assourdissante s'amplifia dans la basilica, au fur et à mesure que deux employés vérifiaient et revérifiaient les tablettes, pour cesser net quand l'un d'eux gravit les marches de l'estrade, un papyrus à la main. Il le tendit au président.

Le président se leva, Praeco fit résonner sa canne de bronze. Ce n'était pas nécessaire, car la basilica était déjà plongée dans le plus profond silence.

— Levez-vous, Hephzibah bat David, pour écouter votre sentence.

Il la regarda bien en face.

— Vous avez été jugée non coupable à l'unanimité. Vous êtes acquittée de toute accusation portée contre vous. Ce tribunal vous reconnaît également comme appartenant à la catégorie des Latins juniens, et votre nom sera dorénavant Artoria Hephzibah. Ne dites pas que la Loi romaine n'est pas sourde aux considérations de race ou de milieu d'origine : vous êtes autorisée dès aujourd'hui à jouir de votre héritage.

– ARTORIA HEPHZIBAH EST ACQUITTÉE!
s'écria Praeco, et toute la basilica retentit de cris de
joie et d'applaudissements.

– *Finis corona opus!* cria Lynceus en applau-
dissant de toutes ses forces. « La fin couronne les
efforts! »

– SILENCE! SILENCE! LE PRÉSIDENT N'A
PAS TERMINÉ!

La foule se calma un peu, mais une rumeur per-
sistait malgré tout.

– Lucius Nonius Celer, continua le président,
vous avez avoué trois meurtres avec préméditation
devant près d'un millier de témoins. Mais à moins
qu'un citoyen romain ne décide de vous attaquer
en justice, je n'ai pas d'autre ressource que de vous
laisser quitter cette basilica. Y a-t-il un homme qui
souhaite poursuivre Celer en justice? Dans ce cas,
l'affaire devra être jugée à Rome.

Plusieurs hommes accoururent au pied de
l'estrade, en agitant des tablettes sur lesquelles ils
avaient déjà noté des éléments de procédure.

– Qu'ont-ils à gagner à traîner Celer devant le
tribunal? demanda Aristo à Flaccus.

– La justice, naturellement, répliqua Flaccus
par-dessus son épaule. Tout n'est pas qu'une question d'argent.

Les gongs sonnèrent midi, et Aristo se leva en
donnant une tape sur le dos de Flaccus.

– Allons, mon ami, ramenons Miriam et Hephzibah rue de la Fontaine-Verte. Nous avons quelque chose à fêter !

Flaccus opina et se tourna vers Flavia. Il lui sourit. Il était échevelé, beau comme un dieu, et elle se demanda s'il allait encore l'embrasser.

Elle ne le sut jamais.

Son sourire se teinta de stupéfaction, car il se trouva soudain enlevé dans les airs.

– Flaccus ! Flaccus ! scandait la foule.

Il se retourna en riant et essaya de retrouver ses amis du regard, mais un instant plus tard, il disparaissait à leurs yeux, emporté sur les épaules de ses innombrables admirateurs.

– La plus grosse erreur de Dives, expliqua Flaccus cet après-midi-là, a été de vouloir garder son testament secret.

Ils étaient tous en train de boire du vin chaud aux épices chez Flavia, installés dans le triclinium. Les enfants étaient assis à la table de marbre avec Hephzibah tandis que Mordecaï, Aristo et Flaccus s'étaient allongés sur les couchettes. Lynceus était là, debout aux pieds de son maître.

– Et la plus grande erreur de Nonius, ajouta Aristo, a été de penser qu'il connaissait déjà le contenu du testament, et qu'il n'avait pas besoin de le vérifier.

– J'aurais bien voulu être là ce matin, fit une voix masculine, dans l'entrée.

– Pline ! s'écria Flavia en sautant sur ses pieds.

Son père était encore chez son patron, et c'était à elle d'accueillir ses invités.

– Si je comprends bien, il y a des choses à fêter ! dit Pline.

Derrière lui, Caudex apparut, portant un petit tonneau et une amphore. Il se dirigea vers les cuisines.

– J'ai apporté des huîtres et du mulsum[1].

Flavia frappa dans ses mains.

– Alma ! Réchauffe le mulsum et sers-le dans nos plus beaux gobelets d'argent. Caudex, apporte-nous les huîtres dès qu'elles seront ouvertes ! Gaïus Plinius Secondus, entre vite et viens t'asseoir à la place d'honneur, à côté de Flaccus.

Les yeux sombres de Pline pétillèrent.

– Je serais enchanté de pouvoir m'allonger près du grand orateur Gaïus Valerius Flaccus, dit-il, mais je ne mérite pas un iota des honneurs qui lui sont dus.

Flaccus se mit à rire en prenant la main tendue de Pline.

– Vous vous connaissez ? demanda Flavia.

---

1. Vin sucré avec du miel, parfois épicé avec du poivre et du safran, que l'on buvait souvent au début d'un repas.

– De vue seulement, dit Pline.

– Et de réputation, ajouta Flaccus. J'ai un an de plus que toi, mais je crains que tu ne m'aies déjà dépassé dans la course aux honneurs.

– Pas après ce qui est arrivé aujourd'hui. J'ai entendu raconter que tu avais remporté une grande victoire.

Flaccus inclina la tête avec modestie, mais Flavia avait remarqué que ses oreilles rougissaient de plaisir.

– Raconte-moi tout, demanda Pline.

Ils racontèrent à tour de rôle les événements du matin, tandis qu'Alma versait le mulsum chaud et que Caudex aidait Lynceus à servir les huîtres.

– Fascinant ! s'exclama Pline. Fascinant !

Il jeta ses coquilles d'huître par terre sans réveiller les chiens assoupis : ils avaient appris depuis longtemps que les coquilles n'étaient pas comestibles.

– Ce que je ne comprends toujours pas, dit Aristo, c'est comment Nonius a appris que la manumission de Nubia n'avait pas été faite dans les règles...

– Bato a dû le lui dire, proposa Flavia.

– Mais comment Nonius savait-il que Bato nous connaissait ? demanda Jonathan.

– Il s'est sûrement renseigné auprès des employés de la basilica, répondit Mordecaï. Ils savent presque tous que Bato est parti en mer avec vous au printemps dernier.

– Marcus Artorius Bato, la fouine menteuse ? dit Alma.

– Lui-même ! Qu'est-ce que les femmes disent sur lui à la fontaine, Alma ? demanda Flavia.

– Oh, on parle beaucoup de lui ! Pour le convaincre de témoigner en sa faveur, on dit que Nonius lui a fait cadeau d'une maison de ville magnifique, dans cette rue même. La fouine en a pris possession cet après-midi.

– Ça explique pourquoi il nous a trahis, dit Jonathan.

– Le chien ! murmura Flavia.

Lupus hocha la tête et jeta une coquille par terre avec rage.

Pline sirotait son mulsum en réfléchissant. Il regarda Hephzibah, assise à table entre Nubia et Flavia.

– Si Dives t'avait affranchie au grand jour, et qu'il n'avait pas tenu à cacher le contenu de son nouveau testament, rien de tout ça ne serait arrivé.

– Mais Dives aimait tant les attentions des captateurs d'héritage ! Il ne voulait pas les décourager, remarqua Flaccus.

– C'est vrai, dit Aristo, et cette erreur lui a été fatale.

– Mais grâce à Flaccus, conclut Flavia, Hephzibah est riche pour le restant de ses jours.

Nubia sourit timidement à Hephzibah.

– Je crois que Dives t'aimait.

– J'ai l'impression que c'était plus de la culpabilité que de l'amour, reprit Mordecaï. Toute sa fortune provenait d'un vol qu'il avait commis au temple de l'Éternel à Jérusalem. En léguant sa fortune à la synagogue, à toi, et à son intendant juif, il ne faisait que nous rendre à tous ce qu'il nous avait volé, et expier en partie ses péchés.

– Je crois qu'il y avait un peu des deux, dit Flavia avec sagesse.

– Mais nous ne le saurons jamais ! conclut Flaccus en gobant une huître.

– Raconte, Pline, qu'est-ce qui te ramène si vite chez nous ? demanda Aristo. Je croyais que tu avais des affaires urgentes à régler à Rome ?

Pline jeta un regard circulaire et baissa la tête.

– J'ai été lâche, avoua-t-il. J'ai su que Quintilien allait venir plaider pour l'accusation, et j'ai eu peur de défendre l'affaire contre lui. J'en garderai une honte éternelle. Flaccus, sais-tu qu'il est venu me voir hier à Rome pour me dire qu'il avait rencontré un jeune homme très prometteur à la basilica d'Ostia, dans une affaire fascinante ?

– Oh, gémit Flaccus, j'ai été terrible hier, j'ai commis toutes les erreurs possibles et imaginables !

– Mais tu as été génial aujourd'hui ! s'écria Flavia. Et sais-tu qu'il était là ? Quintilien lui-même ! Il était dans la galerie, et il te regardait !

– C'est vrai ?

– Parfaitement ! confirma Jonathan. J'étais à côté de lui, et de temps en temps, je l'entendais parler. Il disait : « très bien », « excellent », « brillant » !

Les oreilles de Flaccus s'ourlaient de rose vif.

– Vraiment, il disait ça ?

– Je regrette bien de ne pas t'avoir vu en action, dit Pline, et je dois confesser que je suis malade de jalousie. Mais je serai noble, et si tu veux, je te présenterai à lui.

Flaccus avala son mulsum de travers.

– À Quintilien ? Moi ?

– À Marcus Fabius Quintilien lui-même. Je lui suggérerai même de te prendre comme assistant.

– Tu ferais vraiment ça ? Lui parler de moi ? Oh ! Étudier avec un tel maître…

– Bien sûr. Et j'insiste pour que tu rentres avec moi ce soir à ma villa de Laurentum, si nos hôtes le permettent, naturellement. Je voudrais en savoir plus sur toi.

– Je ne sais pas si je le permets, dit Flavia en soupirant… Mais, Flaccus, bien sûr que je te laisserai partir si tu le souhaites, ajouta-t-elle d'un ton rieur.

– Merci, Flavia, dit Flaccus avec un sourire à se damner. Lynceus ? Fais nos bagages !

Lynceus fit un signe de tête et disparut.

– Dis-moi, Artoria Hephzibah, demanda Pline, que vas-tu faire de ta nouvelle fortune ?

– J'espère acheter ton domaine de Laurentum, répondit Hephzibah.

Pline sursauta.

– Comment ? Ma petite villa ? Mais enfin, tu pourrais acheter un domaine deux fois plus grand, pourquoi celui-là ?

Hephzibah fit un signe de dénégation.

– Si tu me vends ta maison, je la donnerai à Miriam et Gaïus. Tout ce que je veux, c'est vivre avec Miriam et l'aider à élever ses enfants…

Hephzibah se mit à pleurer doucement.

– Ne pleure pas, dit Pline très vite, je te vendrai ma maison, et je te ferai même un prix.

– Elle est épuisée, fit remarquer Flavia en passant un bras autour des épaules de la jeune fille. Elle en a tant supporté !

– Et où est Miriam, au fait ? demanda Pline. Pourquoi n'est-elle pas là ?

– Elle est chez moi, elle se repose dans sa chambre, dit Mordecaï. Et je crois que nous devrions rentrer, Hephzibah. Tu dois avoir besoin de dormir un peu, toi aussi. Plus tard, nous fêterons le sabbat.

Lynceus apparut à la porte du tablinum, le sac de Flaccus à la main. Tous se levèrent, et à cet instant, on entendit un coup frappé à la porte. Discret, mais insistant. Les chiens se précipitèrent en aboyant. Un instant plus tard, Delilah entrait, Caudex à ses côtés.

– Maître, dit-elle à Mordecaï, c'est votre fille !
Son temps est venu !

Pline se tourna vers le médecin.

– Voulez-vous l'emmener à la maison, à
Laurentum ? J'ai une carruca confortable dehors.

– Non, il vaut mieux qu'elle ait son bébé ici,
sous ma surveillance. Mais si vous et Flaccus ren-
trez maintenant, voulez-vous dire à Gaïus de venir
immédiatement ?

ROULEAU XXI

Gaïus arriva dans l'heure chez Jonathan, et alla rejoindre Nubia et Flavia pour veiller dans le tablinum de Mordecaï. Marcus, de retour de chez Cordius, se joignit à son frère pour une offrande au lararium[1] de la famille Geminus.

Vers minuit, Flavia et Nubia montèrent dans la chambre de Miriam pour voir si elles pouvaient se rendre utiles. Miriam était installée sur la chaise d'accouchement, encouragée par sa mère et par Hephzibah.

Miriam n'émettait pas un gémissement, mais la douleur se lisait sur son visage. Ses boucles étaient emmêlées et humides de transpiration, et elle tremblait de fatigue. Les femmes l'aidèrent à quitter la chaise pour s'allonger sur son lit. Nubia et Flavia lui posèrent un linge frais sur le front. Susannah tenait la main de sa fille en lui murmurant des mots d'affection. Hephzibah se balançait doucement en priant dans sa langue natale. Delilah entrait et sortait,

---

1. Autel familial, le lararium était souvent un buffet surmonté d'un temple miniature, parfois une niche dans un mur.

proposait du vin épicé, de la posca[1] ou des douceurs à grignoter, mais rien ne tentait Miriam.

Finalement, comme le premier coq se mettait à chanter, Susannah regarda les jeunes filles.

– Allez chercher mon mari, il se passe quelque chose d'anormal.

Mordecaï vint tout de suite et se pencha sur sa fille.

– Non, mon père, il ne faut pas que vous me voyiez ainsi, chuchota Miriam.

Ses yeux étaient assombris par la douleur.

– Chut, ma fille. Ça ne déplaît pas à Dieu. C'est lui qui m'a donné la vocation de soigner et d'aider les vies nouvelles à venir au monde.

Mais quand il palpa le ventre distendu, son visage s'assombrit. Nubia surprit le regard qu'il échangeait avec sa femme.

– Des jumeaux ! pourquoi ne m'as-tu rien dit ?

– Et qu'est-ce que tu aurais pu faire de plus ?

– Miriam, dit Mordecaï, je ne pourrai peut-être pas les sauver. Pas si je te sauve, toi…

– Non, Père, chuchota farouchement Miriam, mes fils doivent vivre ! Le Seigneur me l'a dit. Ils doivent vivre !

– Ma fille, écoute-moi. Ils sont dans une mauvaise position. Tu pourras en avoir d'autres. Et comment

1. Vinaigre arrosé de beaucoup d'eau ; boisson non alcoolisée que les soldats en service affectionnaient tout particulièrement.

ces enfants survivraient-ils sans leur mère ? Qui pourrait les nourrir ?

– Non ! cria Miriam.

Elle se releva sur les coudes et Nubia vit les perles de sueur qui apparaissaient sur son front.

– Mes bébés doivent vivre ! Jure-moi que tu vas les sauver, à n'importe quel prix.

– Notre seigneur nous a dit de ne pas faire de serments : « Que vos non signifient non et vos oui…

– Jure-le ! cria Miriam. Jure !

Il y eut un silence. Un cop chanta dans la nuit. L'aube allait bientôt se lever.

– Je le jure, dit enfin Mordecaï.

Il tendit à Nubia une boîte de cuir cylindrique.

– Prends mes gouttes de pavot dans ma capsa[1], dit-il. Je ne veux pas qu'elle souffre plus longtemps.

Jonathan était assis dans le tablinum qui sentait bon la cannelle ; il regardait sans la voir la flamme dansante de la lampe à huile. Près de lui, Lupus dormait, et sur la banquette, Marcus et Gaïus étaient absorbés par une rêverie pleine de craintes. Jonathan se souvint que la mère de Flavia était morte en couches, et il ferma les yeux.

---

1. Sac en cuir de forme cylindrique servant à protéger des rouleaux ou des instruments médicaux.

«Mon Dieu, pria-t-il en silence, faites que Miriam vive, et son bébé aussi. Je vous servirai, je vous obéirai, et je ne vous abandonnerai plus jamais, mais laissez-les vivre ! »

Les coqs recommencèrent à chanter, cette fois avec plus de conviction. Le carré de ciel au-dessus du jardin s'éclaircissait, passant du noir au gris-bleu. L'aube n'était pas loin.

C'est alors qu'il entendit un autre son. Il tendit l'oreille, étouffant un sanglot de bonheur : c'était le cri d'un nouveau-né, indigné, exigeant et plein d'énergie.

Gaïus et Marcus échangèrent un regard, et pour la première fois cette nuit-là, Jonathan les vit sourire.

Mais leurs sourires s'éteignirent quand un second cri retentit dans la nuit.

– Des jumeaux ! s'exclama Marcus.

Il l'avait annoncé comme une condamnation à mort.

– Que les dieux nous prennent en miséricorde, ce sont des jumeaux !

Ils étaient maintenant tous les trois debout et se dirigeaient vers la porte, les yeux levés vers la chambre de Miriam.

Cela parut durer une éternité, mais quand ils entendirent enfin le bruit métallique des anneaux sur la tringle, signe que la lourde tenture avait été repoussée, le ciel était toujours gris. Quelques minutes tout au plus s'étaient écoulées. Un instant plus tard, Flavia et Nubia apparurent. Chacune berçait un petit être emmailloté dans ses langes : l'un des jumeaux. Avec des précautions infinies, elles descendirent lentement l'escalier. À la lueur tremblante des lampes à huile, Jonathan vit que leurs visages étaient pâles de fatigue, mais leurs yeux brillants.

Timidement, Flavia et Nubia avancèrent dans le tablinum et déposèrent leurs précieux fardeaux aux pieds de Gaïus. Avec un cri étouffé, celui-ci se pencha pour les prendre sur ses genoux, tous les deux à la fois.

Jonathan entendit un craquement dans l'escalier et se retourna. Hephzibah descendait furtivement, le visage blanc de chagrin.

Jonathan regarda Gaïus, et les jeunes filles penchées sur les bébés. Ils ne savaient pas encore, mais Hephzibah savait.

– Non ! hurla une voix.

Tout le monde se tourna vers Jonathan, et c'est seulement alors qu'il comprit que c'était lui qui avait crié.

Hephzibah se couvrit la tête de sa palla et se mit à courir vers l'atrium en sanglotant. Jonathan l'entendit ouvrir et refermer la porte.

Et une autre silhouette sombre apparut à la rambarde au-dessus d'eux. C'était Mordecaï. Son visage, éclairé par une torche, était livide.

– Elle veut te voir, Gaïus. Vite, il ne reste pas beaucoup de temps.

À l'aube du second sabbat de décembre, les résidents de la rue de la Fontaine-Verte entendirent les chants d'une cérémonie funèbre, dans la maison habitée par la famille juive. Les femmes en chemin vers la fontaine, les hommes prenant leur morceau de pain du matin, les enfants qui préparaient leurs sacs pour une journée d'étude s'arrêtèrent dans leurs tâches pour écouter les gémissements et les pleurs, mêlés aux cris de nouveau-nés affamés. Les femmes prirent leurs filles dans leurs bras, les mères serrèrent leurs bébés sur leur sein, et tous firent en hâte le signe pour se garantir du mauvais sort. Car ils savaient tous ce que ces pleurs signifiaient.

Dans la maison de la famille juive, une nouvelle jeune mère était morte en couches.

Dernières volontés et testament de Miriam bat Mordecaï

Très cher Gaïus, je te nomme héritier de tous mes biens. Je suis si triste de t'avoir laissé seul. Et je suis triste d'avoir laissé mes fils. J'aurais tant voulu les voir grandir. Mais je suis pleine d'espoir, parce que notre Seigneur m'a dit qu'ils feraient de grandes choses. Il m'a envoyé Son messager : un ange, Gaïus, un ange !

Le messager est venu me voir le mois dernier. Un géant ailé, vêtu de blanc, et si lumineux que je pouvais à peine garder les yeux fixés sur lui. J'étais terrifiée, je tremblais, mais il m'a dit de ne pas avoir peur. Et quand il a parlé, les bébés ont remué dans mon ventre.

– Viendras-tu ? m'a demandé l'ange, et sa voix ressemblait au bruissement des eaux de la rivière en hiver. J'ai essayé de lui répondre, mais j'avais la bouche trop sèche.

– Viendras-tu ? a-t-il répété.

J'ai encore essayé de lui répondre, mais je n'ai pas pu.

– Viendras-tu ? a-t-il répété une troisième fois.

Cette fois, j'ai trouvé la force de hocher la tête pour dire oui. Il a souri et m'a tendu la main. Je l'ai prise, et là – j'ai du mal à le croire moi-même – il m'a soulevée de terre et m'a entraînée au ciel.

Gaïus, mon cher Gaïus, quand il m'a emmenée, j'ai vu Ostia du ciel, comme les oiseaux doivent la voir. J'ai vu le Tibre[1] se dérouler comme un ruban d'argent jusqu'à la mer aussi bleue que le saphir. J'ai vu la maison de mon père, avec sa petite cour aménagée en jardin. J'ai vu le forum et le théâtre et le phare, avec son panache de fumée. Et les gens, vus d'en haut, ressemblaient à des fourmis, si colorés, si vivants, si chers à leur Créateur. Et puis je me suis trouvée trop haut pour les voir encore. J'étais au-dessus des nuages, et j'ai cru m'évanouir, mais l'ange m'a dit un mot et je me suis sentie réconfortée.

Et alors Gaïus, alors l'ange m'a emmenée au paradis. Et, oh ! Gaïus ! Si seulement je pouvais te dire à quel point c'était merveilleux ! Mais même si c'était permis, les mots ne pourraient pas le décrire.

---

1. Nom du fleuve qui passe à Rome avant de se jeter dans la mer à Ostia.

– Pourquoi me montrer tout ça ? ai-je demandé à l'ange.

– Pour t'aider quand viendra le temps du sacrifice.

– Nous ne faisons plus de sacrifices, ai-je répondu, notre Seigneur s'est offert en ultime sacrifice, pour tous les peuples de la Terre.

L'ange a souri.

– C'est vrai, a-t-il ajouté. Tes fils feront de grandes choses. Aie toujours confiance en notre Seigneur.

Gaïus, si tu peux l'accepter, donne à nos fils les noms de « Soter[1] » et « Philadelphus ». Je sais qu'ils nous sont envoyés pour sauver les hommes. C'est mon dernier vœu, ma dernière volonté.

Cher Gaïus, je ne regrette pas un seul instant de notre vie commune. À toi, à ma famille, à mes amis, et à mes fils, je lègue mon amour. C'est tout ce que j'ai à vous léguer. Mon héritage est un héritage d'amour.

Fait le jour des nones de novembre, la seconde année du règne de Titus, avec Hephzibah bat David pour témoin.

Gaïus reposa brutalement la tablette de cire sur la table octogonale.

1. Mot grec signifiant « sauveur », également utilisé en latin.

– Elle a écrit ça il y a un mois ! dit-il à Mordecaï d'une voix enrouée par les pleurs. Elle savait ! Et Hephzibah aussi !

– Où est Hephzibah ? demanda Flavia à voix basse.

Elle berçait un bébé qui pleurait, en essayant de le réconforter.

– Hephzibah nous a dit qu'elle allait aider à s'occuper des enfants, et maintenant, nous avons besoin d'elle plus que jamais.

– Elle est partie, annonça froidement Jonathan. Je crois que c'était trop pour elle.

Flavia vit qu'il avait les yeux rouges d'avoir trop pleuré. Épuisée de chagrin et de fatigue, elle berça de son mieux le bébé hurlant, mais il avait faim et ne voulait pas être consolé.

– Nubia, essaie un peu de le calmer, demanda-t-elle à son amie en lui tendant l'enfant emmailloté.

Nubia se mit à chanter doucement dans sa langue maternelle, et le bébé s'apaisa un peu. Flavia entendit un coup frappé à la porte ; Tigris se leva en silence pour aller voir ce que c'était. Flavia suivit le chien, traversa l'atrium qui devenait plus lumineux à chaque instant, et regarda par l'ouverture pratiquée dans la porte.

C'était Hephzibah, qui attendait sous le porche en compagnie de deux jeunes femmes. Toutes les trois étaient recouvertes de leurs pallas, et elles frissonnaient dans l'aube froide. Flavia ouvrit la porte et s'effaça pour les laisser passer. Sans un mot, Hephzibah entra et conduisit les femmes dans l'atrium jusqu'au tablinum où Nubia et Susannah étaient toujours en train d'essayer de calmer les jumeaux.

– J'ai été chercher Lydia et Priscilla, annonça Hephzibah. Miriam avait prévu qu'elles pourraient être les nourrices des enfants.

– Quoi ? demanda Gaïus. Elle avait fait quoi ?

Mais la plus petite et la plus blonde des deux femmes s'était approchée de Susannah et lui avait pris le bébé des mains. Sous les yeux stupéfaits de l'assemblée, elle s'assit sur la banquette et cacha l'enfant sous sa palla d'un geste rapide. Une seconde plus tard, le bébé avait cessé de crier et la jeune femme fermait les yeux en soupirant d'un air extasié.

L'autre femme tendit un paquet enveloppé à Flavia et prit l'autre jumeau des bras de Nubia. Elle s'assit à côté de la première et ouvrit sa palla. Très vite, le second bébé se calma aussi.

– Lydia et Priscilla seront les nourrices des bébés, expliqua Hephzibah. Lydia a perdu son bébé il y a quelques jours, et Priscilla vient d'avoir une petite fille ; elle peut nourrir les deux.

Flavia regarda le paquet qu'elle avait dans les bras : c'était un nouveau-né, au petit visage fripé surmonté d'une houppette de cheveux bruns.

– Que Dieu soit loué ! soupira Susannah.

Elle se mit à pleurer de nouveau.

– Mais comment ? demanda Gaïus. Et quand ?

– Miriam a acheté Lydia la semaine dernière, répondit Hephzibah, avec une partie de l'argent de sa dot. Et le nouveau maître de Priscilla est Staphylus. Il jure qu'il ne veut pas accepter un seul sesterce en paiement pour elle. Il dit que sans nous, il ne serait pas devenu propriétaire du plus riche des domaines de Laurentum. Il dit que Priscilla et son bébé sont des cadeaux de remerciement.

Hephzibah s'assit entre les jeunes femmes et passa un bras sur les épaules de chacune.

Lydia, la jeune blonde, la regarda, les yeux mouillés de larmes, mais avec un sourire sur le visage.

– Il tète, dit-elle, il tète !

– Oui, répondit Hephzibah. Ces jumeaux vont vivre. Ils ont une destinée.

Le matin des funérailles, Jonathan regarda transporter le corps de sa sœur sur une civière dans les rues d'Ostia. Il avait fait le tour du quartier juif pour annoncer la nouvelle aux proches de son père, et il s'apprêtait maintenant à rejoindre la procession. La ville était noyée de brouillard, et les murs de brique dégouttaient d'humidité.

Le cortège n'était pas long, car Miriam n'était ni riche ni célèbre. Elle n'était qu'une jeune mère de plus, morte en couches comme tant d'autres. Mais sur les statues peintes de la ville, la vapeur d'eau en se condensant faisait couler des larmes, comme si les dieux pleuraient aussi.

Jonathan, oppressé, regardait se dérouler sous ses yeux la scène dont il avait rêvé. Elle était morte. Son adorable sœur était morte.

– Pourquoi, mon Dieu ? chuchota-t-il. Pourquoi me l'avoir montré à l'avance ? Qu'est-ce que j'aurais pu faire ?

Il allait avancer vers le cortège quand il sentit la présence d'un homme à ses côtés. Il devinait la tristesse et la compassion qui émanaient de cette présence, mais il n'osa pas tourner la tête pour le regarder.

– Pourquoi, mon Dieu ? répéta-t-il.

– Pour que tu puisses aider les autres, répondit l'homme à ses côtés.

– Mais comment ?

– Quand tu seras devant la tombe, les mots te viendront.

Jonathan ne put s'empêcher de se retourner.

Mais l'homme avait disparu.

Le père de Jonathan et Gaïus étaient tous les deux si paralysés par la douleur qu'ils n'étaient pas en état de porter la bière. Marcus et Caudex soutenaient la tête, Senex et Dromo portaient le

287

pied. Nubia menait le cortège en jouant de la flûte, encadrée par Flavia et Lupus. Susannah, Delilah, Hephzibah et les deux nourrices suivaient, avec les parents et proches qui avaient assisté au banquet de mariage de Miriam. Jonathan se glissa aux côtés de Lupus.

Le cortège se frayait un chemin dans les rues vers la porte Marina, attirant sur le pas de leurs portes ceux qui voulaient voir qui était mort. Mais la plupart des échoppes étaient en pleine activité avec la préparation de la fête des Saturnales, et leurs occupants restaient chez eux, peu désireux de voir le mauvais sort s'abattre sur eux à la veille d'une grande fête joyeuse, s'ils étaient témoins des funérailles d'une jeune femme.

Le cortège tourna à droite de la porte Marina et poursuivit à travers les dunes jusqu'à la rivière, où un passeur les attendait, le visage caché sous un pan de son manteau, pour les conduire aux tombes de l'Isola Sacra[1]. Pendant un moment, ils se trouvèrent environnés de brouillard gris. Rien ne perçait le silence, à part le bruissement des rames, les pleurs et le son plaintif de la flûte. Enfin, ils arrivèrent près de la tombe. Le corps avait été oint de myrrhe et d'aloès, et ses mains bandées tenaient sa poupée favorite.

---

1. Cimetière situé près d'Ostia, sur une île au nord du Tibre.

Flavia et Nubia pleuraient en se serrant l'une contre l'autre ; Lupus baissait la tête, glacé jusqu'aux os, car il avait refusé de mettre un manteau. Gaïus gémissait contre la cruauté des dieux. Son frère Marcus se tenait à ses côtés, pâle, en se remémorant la perte qu'il avait subie huit ans plus tôt. Hephzibah se coupait soigneusement les cheveux avec des cisailles en les laissant tomber par terre. Près d'elle, Alma, Lydia et Priscilla portaient chacune un nouveau-né endormi.

Il y avait déjà quelques habitants d'Ostia près de la tombe : Staphylus et Restituta, Pistor le boulanger avec sa famille, Diana Poplicola et sa mère, Vibia. Entre les bandeaux de brume qui flottaient sur les tombes, Jonathan crut voir quelque chose de rouge : Aristo ?

Il vit soudain que Nubia avait cessé de jouer de la flûte et qu'elle le regardait. Elle avait l'air d'attendre quelque chose.

Jonathan regarda son père. N'était-ce pas lui qui devait prononcer l'oraison funèbre ? Mais Mordecaï, prostré sur l'herbe mouillée, gémissait comme un animal blessé. Susannah s'agenouilla près de lui en murmurant des mots de réconfort. Gaïus semblait paralysé, les yeux clos, le visage levé vers le ciel, la bouche ouverte en un cri silencieux.

Jonathan fit un pas en avant. C'était à lui de parler.

– Nous sommes rassemblés ici pour dire adieu à Miriam, commença-t-il, mais sa voix se noya dans le brouillard.

Il recommença, en faisant résonner sa voix à partir du diaphragme, comme il avait vu faire à Flaccus.

– Miriam était une sœur, une épouse, une fille, une mère et une amie, continua-t-il plus fort.

Cette fois, sa voix porta, et toute l'assistance tourna la tête vers lui, sauf Mordecaï qui restait à demi effondré.

– Miriam a vu le paradis, dit Jonathan, un ange le lui a montré. Elle était prête à partir, car, si elle aimait ce monde-ci, elle était aussi impatiente de connaître celui de l'au-delà.

Il jeta un coup d'œil circulaire.

– Pouvez-vous comprendre ça ? Elle était vraiment impatiente de connaître l'au-delà. Déjà, dans son cœur, elle y était.

Gaïus poussa un dernier cri, puis baissa la tête et se mit à pleurer doucement.

Jonathan regarda Flavia. Elle avait les yeux pleins de larmes, mais elle lui fit un signe de tête et articula silencieusement : « Continue. »

Il prit une profonde inspiration et continua.

– Notre Messie a dit : « Vous avez vu, et vous avez cru. » Miriam a vu le paradis, et elle a cru. Il n'est pas donné à grand monde de voir l'au-delà.

Comment pouvez-vous être sûr? Comment puis-je l'être? Seulement par la foi. Car notre Seigneur a dit: «Bénis soient ceux qui n'ont pas vu et qui ont cru quand même.»

Jonathan montra d'un geste le corps mince dans son suaire parfumé de myrrhe.

– Dans un moment nous allons la laisser reposer dans sa tombe, reprit-il, mais ça n'est pas la fin. Car Miriam croyait en la résurrection. Elle est morte dans la foi, en croyant qu'un jour, elle allait revenir d'entre les morts pour aller dans un monde de bonheur éternel. Un monde où elle retrouvera ses fils, et nous aussi, si nous sommes capables de le mériter comme elle.

Il regarda encore l'assistance. Mordecaï et Gaïus baissaient la tête, mais Flavia et les autres enfants fixaient sur lui des yeux brillants. Ça lui donna du courage pour continuer.

– Sa mort est une tragédie, reprit-il, mais c'est aussi un triomphe. C'est le triomphe de l'amour et de la foi. Car elle a fait le sacrifice ultime. Elle a donné sa vie pour sauver ses bébés. Et tout comme les neuf mois qu'ils ont passés dans son ventre les ont préparés pour cette vie, les quinze années que Miriam a passées sur cette terre l'ont préparée pour l'au-delà. Elle a terminé sa course, et bientôt, elle sera récompensée.

«Certains d'entre vous ne croient pas en notre Dieu, dit-il avec un regard circulaire, ni en notre foi, ni en la résurrection. Mais beaucoup admirent le grand philosophe Sénèque. Il a dit : "C'est seulement après notre mort que nous savons si notre vie a été bonne."

Jonathan fit une pause et conclut à travers les larmes qui s'étaient mises à couler sur ses joues :

– La vie de Miriam n'a pas seulement été bonne, elle a été la meilleure de toutes.

DERNIER ROULEAU

Notre système juridique actuel et beaucoup de nos lois viennent du droit romain établi pendant l'Antiquité. Cependant, les tribunaux à Rome étaient différents de ceux d'aujourd'hui. De nos jours, si quelqu'un commet un délit, la police arrête le coupable et l'État paie le magistrat qui va le poursuivre. Dans l'Antiquité romaine, il n'y avait pas de ministère public, c'est-à-dire pas de magistrat pour accuser. Un criminel ne pouvait être poursuivi que si quelqu'un le traduisait en justice. Ceux qui n'étaient pas des citoyens romains n'avaient pas le droit d'intenter un procès ; il leur fallait trouver un protecteur pour le faire à leur place.

De nos jours, les avocats gagnent généralement bien leur vie. À Rome, les avocats ne recevaient aucun paiement. C'étaient des hommes de la haute société qui avaient étudié la rhétorique et qui défendaient des affaires pour se faire une réputation et favoriser leur carrière politique.

De nos jours, les témoins prêtent serment ; ils jurent de dire la vérité. Dans l'Antiquité, ce n'était pas une obligation. Les témoins étaient souvent achetés ou menacés; on les obligeait ainsi à mentir. L'avocat lui-même diffamait ou insultait la partie adverse.

En général, une personne convoquée au tribunal essaie de se montrer sous son meilleur jour. À Rome, le défendeur venait parfois sale et en haillons, pour éveiller la pitié des juges.

Les événements de l'histoire et la plupart des personnages sont inventés, mais Flaccus, Pline et Quintilien ont vraiment existé. Gaïus Valerius Flaccus était un poète, né dans les hautes classes de la société. Il avait étudié la rhétorique et le droit. Pline, connu sous le nom de Pline le Jeune, a été juriste toute sa vie et a écrit des lettres sur ses expériences au tribunal. Marcus Fabius Quintilien était un célèbre professeur de rhétorique. Le onzième volume de son livre *Institutio Oratoria* (*La Formation de l'orateur*) contient de nombreux conseils sur la manière de se tenir, de parler et de s'exprimer par les gestes.

La citadelle juive de Massada fut prise par les Romains en 73 apr. J.-C.; grâce à Josephus (*Les Guerres juives VII*, p. 399 et suiv.), nous savons que sur près de mille assiégés, on ne retrouva que deux femmes et cinq enfants en vie. On ne sait pas ce que sont devenus ces survivants.

Bat (p. 178): «fille de» chez les Juifs. Par exemple, Hephzibah bat David signifie: Hephzibah, fille de David. De même, «ben» veut dire «fils de».

Casher (p. 17): terme qui désigne la conformité des aliments au code alimentaire juif, la «cacheroute» ou, plus exactement, la «cacheroute de la table et des aliments». Ce code, un des principaux fondements du judaïsme, établit s'ils sont «convenables» ou «aptes» à la consommation.

Cicéron (Marcus Tullius Cicero) (p. 137): orateur, philosophe et homme politique romain, né à Arpinum en 106 av. J.-C. Il a vécu au temps de Jules César, soit environ un siècle avant l'époque où se déroule cette histoire. Il fait de brillantes études sous la direction de Crassus, grand orateur. À vingt-six ans, il débute au Forum et atteint en peu de temps un grand succès comme orateur. Puis il quitte Rome pour Athènes, Rhodes et l'Asie, où il complète son éducation oratoire (79-77). Plus tard, il revient à Rome et aborde à trente ans la carrière des honneurs.

La fécondité littéraire de Cicéron égale son activité politique. Il a tout étudié ; il représente l'Antiquité. Reconnu par les auteurs anciens comme le Père de la patrie, ils admirent en lui le défenseur des lois dans une période de crime et d'anarchie.

Les discours de Cicéron étaient construits selon les règles de l'art oratoire, en cinq parties. L'élocution et l'utilisation de la voix et des gestes revêtaient beaucoup d'importance. Trois principes le guidaient : la volonté de prouver (*docere*), de plaire (*delectare*) et d'émouvoir (*movere*). Cicéron avait pour habitude de rédiger ses discours et de les exposer ensuite à l'oral. Enfin, il les rédigeait de nouveau, en tenant compte des impressions causées sur l'assistance par ses discours.

Il meurt à Formies en 43 av. J.-C., victime d'un homme dont il avait pourtant été le protecteur. Sa tête fut le gage qu'Antoine exigea d'Octave. Elle fut, par l'ordre d'Antoine, exposée sur la tribune aux harangues (lieu d'où les orateurs haranguaient le peuple).

Citoyenneté (p. 181) : un Romain naît citoyen si ses parents le sont. Il peut aussi le devenir par décision de l'empereur – comme le docteur Mordecaï, le père de Jonathan – ou par une loi. Le citoyen romain possède le droit de cité : il peut voter, posséder des immeubles, se marier, écrire un testament, devenir juge. Il doit aussi accomplir son service militaire. Les citoyens romains, au contraire des esclaves, sont des individus libres. Mais ils ne sont pas tous égaux car ils se divisent en deux catégories. Les patriciens sont les citoyens les plus riches ; ils occupent des fonctions politiques ou religieuses. Les plébéiens sont les citoyens ordinaires, les plus pauvres.

Esclave (p. 13) : l'esclavage joue un rôle majeur dans l'Antiquité, et en particulier à Rome. La main-d'œuvre servile accomplit toutes les tâches confiées aujourd'hui aux machines et à l'électricité. L'esclave doit complète obéissance à son propriétaire. Les Romains le considèrent parfois comme un objet (on peut en faire ce qu'on veut), parfois comme un éternel enfant. Un même mot, *puer*, désigne d'ailleurs l'enfant et le serviteur. Le sort des esclaves est très variable selon leur maître et surtout selon leur travail. En ville, les esclaves domestiques ont un destin bien plus enviable que les esclaves des grands domaines agricoles. Les enfants qui naissent de parents esclaves le deviennent automatiquement pour toute leur vie. Les esclaves ont toutefois une chance de sortir de leur condition en achetant leur liberté, en accomplissant une bonne action ou en bénéficiant de la générosité de leur maître. On dit alors qu'ils sont affranchis.

Gentil (p. 16) : nom donné aux non-juifs par les anciens Hébreux.

Massada (p. 116) : signifie « forteresse » en hébreu. Massada était à l'origine une simple garnison fortifiée. Ses ruines se trouvent au sommet d'une falaise isolée surplombant la mer Morte, à l'extrémité occidentale du désert de Judée. Les fouilles archéologiques organisées entre 1963 et 1965 ont largement confirmé les descriptions de l'historien Flavius Josephus, dont l'ouvrage, *Les Guerres juives*, est la seule source écrite concernant Massada. Ce jeune dirigeant, nommé gouverneur de Galilée, survit au pacte collectif de suicide des derniers défenseurs de la forteresse. Il se rend à Vespasien, futur empereur, et devient citoyen romain.

D'après lui, c'est Hérode le Grand qui bâtit la forteresse de Massada entre 37 et 31 av. J.-C. Au début de la guerre des Juifs contre Rome, soixante-quinze ans après la mort d'Hérode, en l'an 66 de l'ère chrétienne, la garnison romaine de Massada est prise par un groupe de rebelles juifs. Après la chute de Jérusalem et la destruction du Temple en 70, ils sont rejoints par les zélotes fuyant Jérusalem. En 73, le gouverneur romain Flavius Silva, dirigeant la Dixième légion romaine, marche contre Massada. Les défenseurs, autour d'un millier d'hommes, de femmes et d'enfants, décident de se suicider plutôt que d'être pris vivants. Les Romains ne peuvent qu'admirer cet acte de courage de leurs ennemis. Massada est devenue le symbole de la volonté du peuple juif de vivre libre sur sa propre terre.

Quintilien (Marcus Fabius Quintilianus, v. 35-100 apr. J.-C.) (p. 140) : né à Calagurris, en Espagne, ce fils d'avocat fait ses études à Rome, où il revient se fixer après un séjour en Espagne entre 60 et 69. Il ouvre une école qui reçoit les enfants des meilleures familles, parmi lesquels Pline le Jeune et les petits-neveux de Domitien. Il obtient un grand succès aussi bien comme rhéteur que comme auteur. Il est nommé professeur officiel d'éloquence. Dans son œuvre, *Institutio oratoria* (*La Formation de l'orateur*), il conduit l'orateur depuis les débuts de son éducation jusqu'au terme de sa carrière. Les deux premiers livres abordent la question de l'éducation élémentaire, les neuf suivants les principes et techniques oratoires, et le dernier décrit l'orateur idéal. Son œuvre va exercer une influence importante sur les théories humanistes de la Renaissance.

Toge (p. 46) : c'est le vêtement traditionnel du citoyen romain. En laine ou en lin, sa longueur est égale à trois fois la taille de celui qui la porte, et l'on ne peut s'en vêtir qu'avec l'aide d'une autre personne. Les enfants et les sénateurs portent la «toge prétexte», bordée d'une bande rouge. Lors de leur seizième anniversaire, les garçons quittent la toge prétexte pour revêtir leur toge d'adulte, la «toge virile», entièrement blanche. Seule la toge de l'empereur est entièrement rouge. Les prostituées portent également la toge.

AVANT JÉSUS-CHRIST

753 : date mythologique de la fondation de Rome par Romulus et Remus.

715-509 : Rome est gouvernée par des rois sabins puis étrusques.

509 : Rome devient une république.

264-146 : guerres entre Rome et Carthage, puissante cité d'Afrique du Nord. L'un des épisodes les plus célèbres de cette lutte se déroule en 218 : avec une armée d'éléphants, le général carthaginois Hannibal traverse l'Espagne et franchit les Alpes pour attaquer les Romains.

44 : Jules César, célèbre conquérant de la Gaule, est nommé consul et dictateur à vie. Il est assassiné par Brutus, son fils adoptif.

27 : début de l'Empire romain.

APRÈS JÉSUS-CHRIST

Ier siècle : persécution des premiers chrétiens. Leur religion est condamnée et interdite par l'empereur.

54-68 : règne de Néron.

69-79 : règne de Vespasien.

24 août 79 : éruption du Vésuve.

79-81 : règne de Titus.

306-337 : règne de Constantin. L'empereur autorise le christianisme, qui devient la religion officielle de l'Empire.

476 : chute de l'Empire romain.

Romans et récits

BONNIN-COMELLY (Dominique), *Les Esclaves de Rome*, coll. «Milan poche histoire», Milan, 2003.

CHANDON (Georges), DEFRASNE (Jean), ORVIETO (Laura), TOUSSAINT-SAMAT (Maguelonne), *Les Héros de la Rome antique*, coll. «Pocket junior mythologies», Pocket-Jeunesse, 2003.

SURGET (Alain), *Les Enfants du Nil*, coll. «Premiers romans», Castor poche-Flammarion, 2004.

Livres documentaires

BIESTY (Stephen), *Rome : une journée dans la Rome antique*, Gallimard-Jeunesse, 2003.

DIEULAFAIT (Francis), *Rome et l'Empire romain*, coll. «Les Encyclopes», Milan-Jeunesse, 2003.

McKEEVER (Susan), *Rome antique*, coll. «Poche Vu junior», Gallimard-Jeunesse, 2003.

MICHAUX (Madeleine), *Gladiateurs et jeux du cirque*, coll. «Les essentiels Milan junior», Milan, 2001.

NAHMIAS (Jean-François), *Titus Flaminius*, vol. 1 :
   La Fontaine aux esclaves, vol. 2 : *La Gladiatrice*,
   Albin Michel-Jeunesse, 2003-2004.

Bandes dessinées

DUFAUX (Jean), DELABY (Philippe), *Murena*, Dargaud,
   1991-2004.

GOSCINNY (René), UDERZO (Albert), *Astérix*, Albert
   René, Hachette, 1980-2004.

MARTIN (Jacques), *Alix*, Casterman, 1980-2004.

Tes héros dans l'Histoire

	– 3000 av. J.-C.		476 apr. J.-C.	
Préhistoire		Antiquité		Moyen

Rahan
La Guerre du feu

Flavia Gemina

Les chevaliers
Notre-Da

Films
Quo vadis, Mervyn Le Roy, 1951.
Ben Hur, William Wyler, 1959.
Spartacus, Stanley Kubrick, 1960.
Gladiator, Ridley Scott, 2000.

1492 Époque 1789 Époque
moderne contemporaine

Table ronde *Les Trois Mousquetaires* *Lucky Luke*
Paris *Le Pacte des loups* *Harry Potter*

DANS LA MÊME
COLLECTION

Ramosé, prince du Nil

de Carole Wilkinson

LE FILS
DU PHARAON

LES PILLEURS
DE PYRAMIDES

LES DERNIERS
JOURS
DE PHARAON

LA COLÈRE DU
DIEU SOLEIL

Les mystères romains

de Caroline Lawrence

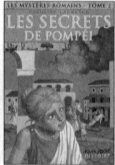

DU SANG
SUR LA VIA APPIA

LES SECRETS
DE POMPÉI

LES PIRATES
DE POMPÉI

LES ASSASSINS
DE ROME

LES DAUPHINS
DE LAURENTUM

LES 12 TRAVAUX
DE FLAVIA

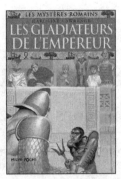

LES ENNEMIS
DE JUPITER

LES GLADIATEURS
DE L'EMPEREUR

LE MARCHAND
D'ESCLAVES

LES FUGITIFS
D'ATHÈNES

LES ESPIONS
DE SURRENTUM

LES CAVALIERS
DE ROME

LES MYSTÈRES ROMAINS

Les gladiateurs de l'empereur

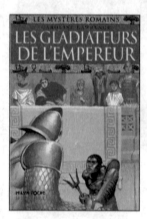

ROULEAU XXIII

L upus essuya les larmes de ses joues et se pencha prudemment vers l'avant pour voir les deux hommes qui chuchotaient dans le couloir, en contrebas. S'il regardait par-dessous le bras potelé du Cupidon en marbre, il pouvait les distinguer. L'homme à la voix plus grave avait le crâne dégarni. L'autre était très grand et mince. Ils avaient une petite trentaine d'années, devina-t-il, et les larges rayures rouges de leurs tuniques blanches lui indiquèrent qu'ils appartenaient à la classe des sénateurs.

– Toi et moi ? demanda Crâne-dégarni. Codirigeants à la place de Titus et Domitien ?

– Pourquoi pas ? répliqua le plus grand. Nous en avons déjà discuté. Nous sommes tous les deux d'une lignée plus élevée. Tu descends de la dynastie Julienne et mon arrière-grand-mère était la nièce de Pompée. Alors que le père de Titus et Domitien était un fermier qui conduisait une mule dans les monts Sabins !

– Et tu penses que c'est le bon moment, maintenant ?

— C'est le moment idéal. Le massacre de ces petites filles était scandaleux. Nous allons parler aux sénateurs dès aujourd'hui. Tester le…

— Chut ! Tu as entendu ?

Lupus recula dans l'ombre et retint son souffle.

— Allons dehors, dit Crâne-dégarni. Aucun risque qu'on nous entende, dans le vacarme.

Lupus entendit leurs pas s'éloigner et le silence revint, hormis le rugissement lointain de la foule.

Il savait qu'il devait prendre une décision.

Le trône de Titus était menacé. La vie même de l'empereur était peut-être en danger.

Mais pas plus tard qu'hier, Titus avait fustigé les indicateurs de Rome et les avait exhibés dans l'arène.

S'il parlait du complot à l'empereur, Lupus serait comme eux. Il ne serait qu'un mouchard, lui aussi.

— Qu'est-ce que ça veut dire ? rugit une voix tonitruante qui s'élevait depuis l'escalier et remplit la loge impériale.

Nubia leva la tête et vit l'empereur Titus apparaître. Sa cape violette dans une main, il traînait le dénommé Fabius de l'autre. Il jeta sa cape dans un tourbillon violet et força le magister ludi à s'agenouiller sur le sol en marbre coloré.

— Des jeunes filles nées libres jetées aux hippopotames ? Des gamines de dix ans qui luttent contre des crocodiles ? Par les Enfers, qu'est-ce que tu croyais faire ?

Le visage de l'empereur était cramoisi de rage.

– J'exhibe un millier d'indicateurs pour mettre fin à ma réputation de futur deuxième Néron, et qu'est-ce que tu fais ? Tu continues avec un massacre de petites filles blondes que même ce fou dépravé n'aurait jamais imaginé !

Fabius baissa la tête.

Titus avait toujours le souffle court, mais, à présent, son visage reprenait son teint normal. Il sortit son mouchoir et se tamponna le front.

– Alors ? Qu'as-tu à dire pour ta défense ?

Fabius leva la tête.

– Pardonnez-moi, César. Les filles… Nous avons pensé que ça plairait au peuple. Et le peuple a aimé, en effet. Ce n'étaient que des esclaves…

– Pas toutes, d'après ce que j'ai compris, rétorqua Titus. On m'a informé que certaines étaient nées libres et que l'une d'elles appartenait à l'ordre équestre.

– Imposs… commença Fabius, et ses yeux s'agrandirent comme des soucoupes quand il aperçut Flavia, les yeux rougis, qui frissonnait sur son divan.

Titus suivit son regard et il écarquilla les yeux, lui aussi.

– Flavia Gemina ! s'écria-t-il en haussant les sourcils. As-tu participé à ce numéro scandaleux ?

Flavia hocha la tête, puis fondit de nouveau en larmes. Nubia lui tapota l'épaule.

Fabius se remit péniblement sur pied.

— Mais César, votre frère Domitien a approuvé le programme d'aujourd'hui. Et cette fille m'a juré qu'elle était orpheline…

— Silence ! tonna Titus, et il pointa le doigt vers Flavia. Cette jeune fille m'a sauvé la vie l'année dernière. Si elle était morte…

Il inspira profondément et baissa la voix, poursuivant dans un murmure menaçant :

— Si elle était morte, ton sort aurait été scellé. Mais comme elle a survécu… je vais te donner une chance. Puisque tu aimes tellement les gladiateurs, tu descendras dans l'arène avec eux !

— Mais César… gémit Fabius.

— Emmenez-le !

Titus adressa un signe de tête à deux soldats, qui entraînèrent Fabius hors de la loge impériale. Puis il se tourna vers Domitien.

— Tu étais au courant de tout ça ?

Domitien avait libéré le trône impérial et s'était étendu sur un divan. Il regarda son frère aîné en haussant les épaules.

— Fabius et moi, nous pensions que ça rendrait l'exécution plus distrayante…

— Distrayante ? crachota Titus.

Il reprit son souffle et s'efforça de parler d'une voix égale.

— En effet, reprit-il patiemment, comme s'il s'adressait à un enfant, les exécutions sont censées distraire le peuple. Mais aussi l'éduquer. Et le dissuader de commettre le même genre de crimes.

Il haussa le ton pour que les sénateurs, autour de lui, puissent l'entendre.

— Par-dessus tout, Domitien, les exécutions doivent montrer que justice est rendue.

Domitien prit une olive.

— Tu as gracié ce faux « Léandre », hier soir, quand il a échappé aux crocodiles.

— C'est mon devoir de faire preuve de clémence à l'occasion. D'autre part, si les dieux l'ont épargné, il avait dû être accusé à tort. Gracier quelqu'un qui est peut-être innocent n'est pas du tout la même chose que condamner de vrais innocents qui n'ont rien fait de mal ! Le seul crime que ces pauvres petites filles avaient commis, c'était d'être d'origine modeste. Et l'une d'elles était de haute naissance, en plus. Nous ne devrions jamais soumettre des patriciens à ce genre d'humiliation !

Domitien indiqua Flavia.

— Eh bien, j'ai sauvé celle qui était de haute naissance, non ?

— C'était vraiment *in extremis*, d'après ce qu'on m'a raconté, marmonna Titus.

Il balaya la loge du regard.

– Domitien, nous reprendrons cette discussion en privé. Pour le moment, retourne au Palatin, s'il te plaît. Je me charge de surveiller les combats de gladiateurs.

Domitien se leva lentement et inclina la tête.

– Très bien, César. Viens, Domitia.

Et, bien qu'il descendît les marches de la loge impériale d'un pas guilleret, l'air parfaitement calme, Nubia savait bien ce qu'il en était.

Elle avait remarqué le regard de haine absolue qu'il avait jeté à Titus.

– Excusez-moi, César, dit un garde au nez cassé en s'approchant. Il y a ici un jeune garçon qui prétend avoir des informations au sujet d'un complot contre vous. Je l'aurais volontiers jeté dehors, mais il m'assure que vous le connaissez.

Le grand garde tendit une tablette de cire usée.

– Un indicateur ?

Titus ferma les yeux, pinça le haut de son nez et poussa un profond soupir.

– Je pensais qu'il n'en restait plus un seul à Rome, depuis hier. Eh bien, voyons voir.

Il prit la tablette, l'ouvrit et l'examina. Depuis son divan à côté de lui, Flavia aperçut deux portraits gravés dans la cire.

– Ah !

Il se redressa et regarda le garde.

– Ça fait un moment que je les soupçonne, ces deux-là. Arrête-les immédiatement. Et fais entrer le garçon, veux-tu ?

Le garde sortit et revint un instant plus tard avec un jeune garçon brun en tunique crasseuse.

– Lupus ! s'exclamèrent Flavia, Nubia et Sisyphe.

Si Lupus était surpris de voir ses amis dans la loge impériale, il n'en laissa rien paraître. Il leur adressa un regard impassible.

– Tu as découvert un complot contre l'empereur ? demanda Flavia, qui cessa de frissonner pendant un moment.

Il hocha la tête.

Titus lui posa la main sur l'épaule.

– Viens, assieds-toi et prends quelque chose à manger... ou à boire. Ensuite, je veux que tu me racontes comment tu as fait pour surprendre Africanus et Stertinius. Tu peux rester ici, dans ma loge, pour le reste de l'après-midi. C'est la meilleure place de tout l'amphithéâtre. Et le clou du spectacle va bientôt commencer : les combats de gladiateurs.

– As-tu trouvé ?... murmura Flavia quand Lupus les rejoignit sur le divan.

Mais elle s'interrompit. Son air morne disait tout. Il n'eut même pas besoin de secouer la tête pour que Flavia comprenne qu'il n'avait pas trouvé Jonathan.

Elle posa la tête sur l'épaule de Nubia. Malgré la couverture chaude de l'empereur qui l'enveloppait, elle tremblait encore plus qu'avant.

Une coupe en argent remplie de vin épicé bien frais et la sonnerie des trompettes remontèrent légèrement le moral de Lupus. Quand les gladiateurs émergèrent d'une entrée située sur sa droite et apparurent dans l'arène lumineuse, il se pencha en avant.

Titus reposa son assiette et jeta un coup d'œil vers le soleil.

– Ils commencent déjà ? Il me semble que ce n'est pas encore l'heure.

La foule poussait des acclamations et des rires. Les gens qui étaient partis acheter des en-cas pour le déjeuner ou faire un tour aux latrines se hâtaient de regagner leurs places.

– C'est le combat fantaisiste, César, dit Calvus, le sénateur chauve.

Lupus regarda de nouveau dans l'arène.

Les gladiateurs en armure portaient leur casque sous le bras, pour que le public puisse voir leur visage. Derrière suivaient les assistants, chargés de leurs armes, et enfin le lanista.

– Le combat fantaisiste ? répéta Titus.

– Oui, dit Calvus. Vous vous rappelez ces femmes gladiatrices qui ont combattu hier après-midi ?

Juste à côté de la loge impériale, des sénateurs poussaient des cris scandalisés.

– Oui. Mais là, ce ne sont pas des femmes… objecta Titus.

Lupus se pencha pour mieux voir. Puis il écarquilla les yeux.

– Non, dit Calvus, votre frère a prévu quelque chose de très nouveau pour le spectacle d'aujourd'hui. Il a pensé que ça amuserait la foule…

Mais, avant qu'il ait le temps de terminer, Lupus entendit l'empereur s'exclamer :

– … ce sont des enfants !

Le glossaire, la chronologie et la bibliographie
sont de la seule responsabilité des Éditions Milan.

Achevé d'imprimer par Novoprint
en Espagne

Dépôt légal : 1er trimestre 2009